鳴響雪松3 Пространство Любви

愛的空間

目次

1 另一個朝聖者

到了！眼前又是這條西伯利亞的大河——鄂畢河，我終於抵達這個一般交通到不了的聚落。我站在鄂畢河的岸邊，如果要到可以步行的地方，穿越泰加林前往阿納絲塔夏的空地，還得雇一艘船或動力艇。岸邊有許多的船隻，其中一艘船上有三名男子在捕魚。我和他們打了聲招呼，表明願意以高價請他們載我到指定的地方。

「那是伊格瑞奇負責的，他載一趟要五十萬盧布。」其中一名男子回答。

頓時我嚇傻了，這裡居然有人專門將遊客載到泰加林裡，前往人煙稀少的西伯利亞小村落。從那裡到阿納絲塔夏的林間空地只要二十五公里，他們竟敢開出如此高價，這就表示一定有人接受，畢竟有需求才會有供應。不過，在北方討價還價似乎不太恰當，我還是問了他們：

「要去哪兒找這個伊格瑞奇呢？」

「村裡某個地方吧，最有可能在商店裡。你看那艘動力艇旁有幾個小孩在玩，其中一個是伊格瑞奇的孫子瓦夏。他等等會回去，請他帶你去找吧。」

機靈的瓦夏年約十二歲。在我和他打招呼後，他立即以飛快的速度說：「您要坐船？去阿納絲塔夏那兒？等我一下！我馬上去叫爺爺！」

瓦夏也不等我回答，就連跑帶跳地回到村裡。這下我明白了，他根本不需要我回答，顯然瓦夏覺得所有來到此地的外地人都有相同目的。

我待在岸邊開始等待，因無事可做而望著河水沉思。

從這裡到對岸大概一公里寬，在這片即使從飛機上也看不到邊界的泰加林，河水貫穿其中，流了數個世紀之久。河水從過去不著任何痕跡地帶走了什麼？鄂畢河水至今究竟又記得了什麼？或許，它還記得人稱「西伯利亞征服者」的葉爾馬克被敵人逼到岸邊，獨自拿著劍要擊退敵人，可是鮮血卻不斷從他致命的傷口流到河裡，而河水帶走了他癱軟的身軀……。到底葉爾馬克征服了什麼？他的行為是不是和現在的匪徒沒什麼兩樣？這大概只有河水能評斷了。

或許，河水更記得的是成吉思汗軍隊的劫掠？他的汗國在古代堪稱強大，現在新西伯利亞州有個區中心就叫做「汗國鎮[1]」，裡面還有個「成吉思村」。或許，河水還記得滿載戰利品的成吉思汗部隊是如何撤退，記得他們如何綁住一名年輕的西伯利亞女子，記得一名位居要津的大臣又是口若懸河，又是眼神充滿愛意地向她懇求，希望她心甘情願跟他走而不要抵抗。這名西伯利亞女子低下眼不發一語。大臣麾下的所有戰士都已撤退，只剩他還留在這兒向女子示愛。最後，他將女子和裝滿黃金的軍囊往馬背上一丟，自己跳上了忠心耿耿的坐騎，全速甩開追兵，往鄂畢河岸前進。

敵人漸漸追上了大臣，他開始往後丟擲黃金。軍囊空了之後，他撕下自己因征服多個領土而獲贈的勳章，全往追兵腳邊的草地上扔，但他始終沒有鬆開那名西伯利亞女子。馬兒汗流浹背地將他們帶到停靠許多小船的鄂畢河岸，大臣小心地將緊緊捆綁的女子從馬背扛到船上，然後自己跳了進來。但就在他拿著槳將小船推離岸邊時，緊追在後的敵人用箭射穿了他。

1 汗國鎮（Ordynskoye）通常採音譯「奧爾登斯科耶」，此處為凸顯字根源於「汗國」（orda）一詞而採意譯。

河水帶走了小船。遭箭射穿的大臣躺在船尾，完全不知道有三艘敵人的船隻越來越靠近。他以溫柔的眼神看著靜坐一旁的她，卻因為沒有力氣而講不出話。女子看看他，再瞧了追兵一眼，對他們勉強擠出微笑（又或許不是對他們笑），就把雙手的繩子扯開丟進河裡。接著，這名西伯利亞女子拿起槳開始划……追兵就再也追不到那艘載著她與受傷大臣的小船了。

河水將他們帶到了什麼時空？而現在混濁不清的河水，此時又會帶走什麼關於我們的記憶？

或許，親愛的河水，你覺得我們的大城才是重要？現在鄂畢河靠近源頭的岸邊，有一座巨大的城市——新西伯利亞。親愛的河川，你感受到城市的規模和宏偉了嗎？我知道你一定有很多話要說，像是城市排出大量的汙染，害你曾經滋養萬物的河水無法再飲用。而我們又能怎麼辦？工廠的汙染能往哪排呢？畢竟，我們已經不再像前人那樣，我們正在發展進步呀！我們現在有很多科學家，新西伯利亞周圍也設有多座滿是學者的科學城。如果我們不把廢棄物排給你，我們自己就不能生存了，到時城市會臭氣沖天而難以呼吸，有些區域還會發臭卻不知來源。就請你——親愛的河水——體諒一下吧。你知道我們現在的科技有多發達吧，在你的河水裡行進的已不再是安靜的小船，而是各種柴油輪船，其中也包括我的。

我很好奇，河水是否還記得我？記得我在輪船上航行，那可是商隊中最大的一艘。那當然不是新船，所有柴油和螺旋槳在全速前進時都會發出巨大聲響，而聽不清楚酒吧裡的音樂。

對河水而言，什麼才是最有意義的？它又儲存了什麼樣的記憶呢？過去我會站在高處的甲板上，站在船尾酒吧的窗後，一邊看著兩旁的河岸，一邊聽著馬林寧抒情的歌聲：

我想要乘著白色駿馬進城，
旅店女主人對我微笑投誠，
橋上的磨坊工人對我側目，
而我整晚都與女主人共度。

那時岸上忙碌的人在我的眼裡似乎都顯得無關緊要，而我現在也成了其中的一個。

我同時在想要如何說服阿納絲塔夏，希望她不要阻止我和兒子接觸。事情變得還真是奇怪。我此生一直想要個兒子，想像在他還小的時候陪他玩，並將他撫養長大。兒子成年後會成為我的得力助手，我們一起為事業打拼。現在我有了兒子，就算他不在我身邊，但一想到這世上存在著我期待已久的至親骨肉，還是覺得很開心。

出發前，我滿心歡喜地為孩子買了各種兒童必需品。買是買了，但是否能真的給孩子，還是個問題。要是孩子的媽媽是普通的女人，不管是鄉村還是城市女人都好，一切就會簡單明瞭許多。任何女人看到父親關心孩子、盡可能讓孩子吃飽穿暖、參與孩子的成長，都會非常高興。就算父親不願做這些，很多女人也會要贍養費。但阿納絲塔夏是泰加林的隱士，她對生命有自己的看法，對價值觀有自己的理解。她在生下兒子之前就告訴我：「他不需要你們物質世界中的任何東西，他從一出生就會擁有一切。你想要給兒子沒有意義的玩意，但他完全不需要。那玩意只是用來滿足你自己，好讓你可以說：『我是多麼關心孩子的好父親啊！』」。

她為什麼會說「他不需要你們物質世界中的任何東西」？既然這樣，父母究竟可以給新生兒什麼？特別是爸爸呀？對一個還在喝母乳的孩子展現父愛似乎太早了，那我該怎麼對孩子表現我的親情？該怎麼對孩子表達我的關心？母親就很簡單，可以餵孩子母乳，這她也在做了。那父親可以做什麼呢？在文明的生活條件裡，父親可以幫忙家務事、修理家用品、讓家人衣食無缺，但這些阿納絲塔夏通通不需要。她什麼都沒有，只有那一片泰加林中的空地。她的眾多「家人」會打理好自己，也會無微不至地照顧她，並在看到她的孩子之後，也以同樣的方式對待他。我想知道，這樣的家人要花多少錢才買得到？現在要買下或長期承租五公頃的土地已經不是難事，但要花多少錢才能買下母狼、母熊、昆蟲和老鷹的關愛與忠誠？或許阿納絲塔夏自己不需要我們文明世界的任何成就，但為什麼孩子得承受母親這樣的世界觀？連孩子的一般玩具都要剝奪！她都以自己的方式看待一切。「孩子不需要沒有意義的玩意，那對他沒有好處，會讓他看不見真理。」她這麼說。

她的話大概有點過火，或純粹就是一種迷信。人類不會無緣無故為孩子創造這麼多種玩具，但為了不跟阿納絲塔夏爭吵，我打算不買搖鈴，而是買了兒童積木玩具，包裝盒上的標籤寫著「有益孩童智能發展」。我也買足了拋棄式尿布，這可是全世界都在用的。我還買了一堆嬰兒食品，料理之方便著實令我讚嘆。只要打開包裝盒，剪開密封的防水鋁箔包，將裡頭的粉狀食品倒進溫水，再攪一攪就完成了。粉狀食品更是種類繁多，例如蕎麥、米飯與其他各種穀類。

包裝盒上還寫富含多種維他命。我記得以前女兒波琳娜還小的時候，每天得帶她去「社區廚房」吃飯，而現在買個幾包就能輕鬆餵飽孩子，甚至連燒開水都不用，只要在水中溶解就可完成。我知道阿納絲塔夏不會燒開水，所以在買一堆之前，我特地只買一包試試。我將包裝裡的粉狀食品倒進常溫水——溶得進去。我試吃了一下，發現味道很正常，只是因為不含鹽而沒什麼味道，不過給孩子吃的大概也不需加鹽巴。我相信阿納絲塔夏找不到理由反對這種粉狀食品，這麼方便還拒絕，那就太奇怪了。她會對我們技術治理的世界開始有點尊敬，這個世界不是只會製造武器，還會為兒童著想。

然而，她說過最讓我感到困擾，也最沒道理的話反而是這句：如果我要和兒子接觸，思想必須有一定的純潔，要我淨化內心。我真的不明白，到底是要淨化內心的什麼。

如果她說要刮鬍子、戒菸、靠近孩子時要穿乾淨的衣服，這我還比較可以理解，但她總說意識與內心淨化的這種話。哪裡有賣可以清潔內心的刷子？況且我也不知道要清理哪個部分，我內心到底有什麼是骯髒的？或許我沒有比別人好，但也不會差到哪去。如果每個女人都對男人提出這種要求，就得給全人類建個大煉獄來洗滌了。這不合理啊！

我還抄了一段民法要給阿納絲塔夏：「父母一方若無正當理由，即使離婚後仍不得阻止另一方探視子女。」當然，我們的法律對阿納絲塔夏而言沒什麼太大意義，不過仍是個強而有力的論點，畢竟多數人都得遵守法律。我和阿納絲塔夏說話時立場也會比較堅定，我們對孩子應該要有相同的權利。

我之前也曾想過自己的立場要比她堅定，但現在我開始懷疑當初所做的決定，原因是這樣的：我背包裡除了一些東西之外，還裝了讀者寫的信。我沒有全部帶在身上，因為實在寄來太多信了，背包裝不下全部。信裡的讀者都相當尊敬阿納絲塔夏，將她稱為救世主、泰加林的精靈、女神，也寫詩作曲獻給她，有些人更把她當作至親一般談話。這雪花般飛來的信也讓我不得不重新思考自己的言行。

我坐在岸邊等伊格瑞奇的船約三小時了，接近傍晚時終於看到兩名男子向我走來，旁邊還有伊格瑞奇的孫子。走在前面比較老的那位看起來六十歲，他穿著帆布雨衣和橡膠靴，臉色泛紅，樣子明顯喝醉了，因為走路有點搖搖晃晃的。後面的那位比較年輕，三十歲左右，體格壯碩。當他們走近時，我發現那位西伯利亞年輕人的深褐色頭髮中有幾撮灰髮。比較年長的男子靠近我後立刻說：

「你好啊，遊客！要去阿納絲塔夏那？我們會載你過去，你得準備好五十萬元和兩瓶酒當小費。」

這下我明白了，我不是唯一想找阿納絲塔夏的人，所以價格才會這麼高。在他們眼裡，我只不過是要去找阿納絲塔夏的另一個朝聖者。但我還是問他：

「你們怎麼確定我是要去找那位叫阿納絲塔夏的人，而不是純粹去一趟村莊？」

「去村莊就去村莊，準備好五十萬元就對了。如果沒有，就休想要我們載你一程。」

伊格瑞奇對我說話的語氣不太友善。

我心想：載一趟要這麼一大筆錢，講話還如此不友善，到底怎麼回事？

可是我別無選擇，只好答應他們。但伊格瑞奇在拿到錢，叫年輕的搭檔去買兩瓶伏特加後，並沒有開心起來，反而是對我更不友善。他坐在我旁邊的石頭上，嘟囔著說：

「去村莊……什麼村莊？全村就六戶奄奄一息的人家，這種村莊留著有什麼用！」

「您常載外地人去找阿納絲塔夏嗎？載客生意很好賺吧？」我問伊格瑞奇，為的是要有個話題，緩和他對我的敵意。但伊格瑞奇滿是氣憤地回答我：

「是誰叫他們來的？一窩蜂不請自來的蠢蛋，什麼也阻止不了他們。她邀請過他們嗎？有嗎？根本沒有！她只是和某個人談了自己的生活，他之後就寫了一本書。寫書沒關係，但為什麼要透露這個地方？我們可從來沒對外講過。而他只來見過一次，寫了關於她生活的書，就把這裡洩漏出去了。一旦洩漏就會永無安寧，這道理連老女人都懂。」

「所以說，你讀過阿納絲塔夏的書了？」

「我不讀書的，是我的搭檔亞歷山大，他可是個書蟲。話說回來，我們沒辦法直接到村莊，路程太遠了，船上的馬達不太堪用。我們會先到漁夫的小屋，在那邊過夜。早上亞歷山大再載你過去，我會留在那裡捕魚。」

「就這樣吧。」我同意並心想：太好了，伊格瑞奇不知道我就是阿納絲塔夏那本書的作者。

伊格瑞奇的搭檔亞歷山大帶著伏特加回來，接著他們將漁具放到船上。就在這個時候，伊格瑞奇的孫子瓦夏差點打斷我們的行程。他開始向伊格瑞奇要錢，說要買臺新的無線電接收器。

「我把桿子拖到天線下面了，而且想好要怎麼裝上去，」瓦夏說，「也準備好天線的接線了，現在只要將天線接上接收器，就能收到很多頻道。」

2 花錢養出蠢材？

「你看看，我的孫子多麼機靈。」伊格瑞奇用親切的語氣炫耀，「勤學好問，是工藝家的料。瓦夏，做得很棒。該給他點錢鼓勵一下。」

這無非是在暗示我，但正當我準備掏出錢時，受到稱讚的瓦夏接著說：

「我想聽有關太空人的一切，要聽我們俄國的，還有美國的。我長大想成為太空人。」

「什麼？你說什麼？」伊格瑞奇忽然豎起耳朵。

「我長大想成為太空人。」

「瓦夏，你再說這種愚蠢至極的話，就休想從我這邊拿到一毛錢。」

「當太空人一點都不蠢。大家都喜歡太空人，他們是英雄，還可以上電視。他們都會在好大的太空船裡，繞著地球飛，從外太空直接和很多科學家講話。」

「他們那些鬼扯蛋能有什麼幫助？他們自顧自地飛行，鄂畢河的魚卻越來越少。」

「太空人能告訴大家天氣的事情，預知隔天世界各地的天氣。」瓦夏繼續捍衛科學。

「這有什麼好稀罕的？只要去問問瑪爾法女巫，她就會告訴你明後天的天氣，甚至明年的都行，而且她一毛錢都不收。那你的太空人呢？你的太空人只會揮霍彼得的錢，你爸的錢。」

「政府會給太空人很多很多錢。」

「那你的政府是從哪拿錢的？你的政府到底從哪非法拿錢的啊？是從彼得，是從你爸那拿錢的。彼得把我捕到的魚拿到城裡賣，一心想成為聰明的商人。政府卻告訴他：『請你繳稅，把錢通通給我們，因為我們會有大量開支。』但杜馬國會只會成天亂哄哄，簡直比井邊的三姑六婆還糟糕。他們總是異想天開，算計太多又自以為了不起。他們這些聰明人享有各種福利設施，有專屬的乾淨廁所可以上，而我們的河水卻越來越髒。瓦夏，你再不拋棄那種愚蠢的想法，就別想從我這邊拿錢。我也不會再載客人，不會花錢養個蠢材。」

喝得酩酊大醉的伊格瑞奇，差點因為這樣取消行程。他隨後拿起亞歷山大帶來的一瓶伏特加，直接灌了一口，抽起菸來。在他稍微冷靜後，我們一一爬上小船。最後，他沒有給瓦夏任何錢，一路上不斷碎唸那愚蠢的想法。

小船的舊馬達轟隆作響，連開口講話都很困難。我們一路上幾乎都沒講話，就這樣到了只有一扇小窗的獵人老屋。夜空出現了第一批星辰。伊格瑞奇在船上將先前在岸上打開的伏特加喝完後，口齒不清地對亞歷山大說：

「我……我要去睡了。你們自己在營火旁或屋內地板找地方睡。等天亮後，你再載他去我們那。」

正當伊格瑞奇彎下腰，要走進極小的房門時，他又轉過頭來，語帶嚴厲地重申：「到我們那，聽……聽見沒？亞歷山大。」

「知道了。」亞歷山大平靜地回答。

我們坐在營火旁吃著炭烤魚。我向他問起伊格瑞奇那句令我好奇的用詞：

「亞歷山大，可不可以告訴我，伊格瑞奇叫你載我去『我們那』，是什麼意思？」

「我們那……在村莊對岸。你要再過河，才能走到阿納絲塔夏的空地。」亞歷山大語氣平靜地回答我。

「原來如此！你們開這麼高的價錢，卻不載我到目的地？」

「對，我們都是這樣。這是我們能為阿納絲塔夏做的，要彌補我們對她的虧欠。」

「什麼虧欠？為什麼你要如此坦承？你要怎麼讓我在『你們那』下船？」
「我會把船停在你指定的地方。至於錢的問題，我會將我的那一部分還給你。」
「為什麼要對我這麼好？」
「我認得你，早就認出來了——弗拉狄米爾．米格烈。我讀過你的書，在封面上看過你的照片。我會載你去你要的地方，但我要跟你講一件事……請冷靜地聽我說，好好想一想。不要去泰加林，你找不到阿納絲塔夏的，她離開了。我想她去了更深處，或是我們不知道的地方。你再也找不到她了，路上還說不定會喪命，或是有獵人會朝你開槍。獵人可不允許外人入侵他們的地盤，他們會在遠處就解決外來者，避免自己身陷不必要的風險之中。」
亞歷山大說話時表現得十分冷靜，只有在他撥弄營火時，手裡的木棍笨拙地抖了一下，讓火花不平靜地往上飛揚，有如夜晚的煙火。
「發生了什麼事？怎麼回事？既然你認識我，就告訴我吧。為什麼阿納絲塔夏離開了？」
「我一直想告訴你這件事，」亞歷山大壓低音量，「一直想和聽得懂的人講。不知該從何說起，才能讓你明白，也讓自己清楚點……。」
「照事實講得簡單點。」

「簡單點？你說得對，其實一切都很簡單，也是因為這樣才讓人震撼。你要冷靜地聽我說完，可以的話不要插嘴。」

「我不會插嘴，快跟我說事情的原委，不要拖拖拉拉的。」

3 不速之客

亞歷山大開始以西伯利亞人的鎮定語氣說話，但還是能感受到這位頭髮漸白的西伯利亞年輕人內心十分激動。

「當時讀《阿納絲塔夏》的時候，我正在莫斯科大學讀研究所，對哲學和心理學很有興趣。我主修東方宗教，相當沉浸其中。突然間，阿納絲塔夏出現了……不是遠在天邊，而是在我的家鄉西伯利亞啊！我在她的話語中，感受到無比強大的力量、邏輯和意義！我有種與她意氣相合的強烈感受！我內心產生的異常感受，頓時讓國外理論都相形失色。我拋下一切，火速返鄉，彷彿要從黑暗奔向光明。我想見見阿納絲塔夏，想和她聊一聊。

「我回到家後，開始跟著伊格瑞奇乘著小船尋找你在書中描寫的河岸，最後我們找到了那個地方。這段期間，經常有人也想找阿納絲塔夏，向我們詢問她到底在哪，但我們從不帶任何人去。當地人理解這種狀況後，並不鼓勵朝聖者前來。但有一次，我們——應該說，是我在沒有伊格瑞奇的情況下——帶了一批人去了那兒。」

「為什麼你要這麼做？」

「當時我覺得自己沒錯，純粹是出於善意。對方有六個人，兩位是傑出的科學家。看得出來，他們有許多資源可以運用，派他們前來的幕後人士大概也有權有勢。其餘的四位是保鑣，他們個個佩帶手槍，還有其他備用武器。無線電也是配備之一。他們請我當嚮導，我也答應了，但不是為了錢。

「一開始，我和他們談了很久。他們毫不避諱地說出，這次考察是為了與阿納絲塔夏見面。他們的領隊——鮑里斯・莫伊謝耶維奇——是個頭髮斑白、儀表堂堂的人。他知道，光是阿納絲塔夏一個人對科學的貢獻，就能比許多研究機構還來得大。

「他們打算把她帶離泰加林，在保護區內建立適合她的生活環境，並且保障她的安全。鮑里斯說：『如果我們不做，其他人也會這樣做，到時會怎樣就不得而知了。阿納絲塔夏是個特殊的生命個體，我們一定要保護她、研究她。』

「鮑里斯的助理史坦尼斯拉夫是個聰明的年輕人，他雖然只聽過阿納絲塔夏，卻深深愛慕著她。我接受了他們的理由。他們從合作社租了一艘不大的動力艇，用車子將一桶桶的機用燃油載到動力艇上。

「到了那裡之後，他們在岸邊的一塊高地搭起帳篷，並用無線電呼叫直升機。直升機上有空拍機、攝影機，還有一些特殊設備。直升機每天在泰加林上方低空飛行，一區接著一區拍照。

「那兩名科學家每天會仔細檢查照片，有時也會坐上直升機，前往他們有興趣的區域。他們在找阿納絲塔夏的林間空地，打算在那兒降落。我心想，他們如果在空地降落，必定會發出很大的聲響，把所有生物都給嚇跑。我記得阿納絲塔夏有個孩子，這樣的轟隆聲一定會嚇到他。於是，我告訴他們，在找到空地的位置後，不要在那裡降落，並建議他們，如果在直升機上發現空地，那麼畫一份地圖，用走的去。然而，史坦尼斯拉夫向我解釋，鮑里斯沒辦法在森林中走那麼長的路。他其實和我一樣，也擔心會打擾到當地的居民，但他保證鮑里斯會慢慢安撫阿納絲塔夏和她的孩子。然而，就在第四天，事情發生了。」

「什麼事情？」

「那天，直升機出發進行例行拍攝，我們則留在原地各忙各的。這時，一名保鑣看到一名女子的身影，從森林朝我們的營地走來。保鑣向鮑里斯回報後，整個營地的人都望向那名前來的女子。她身穿輕便的短衫長裙，頭巾蓋住額頭和下巴。

「我們一行人站在一起，最前頭的是鮑里斯和史坦尼斯拉夫。女子向我們走近，臉上沒有一絲恐懼，沒有一點尷尬。她的眼睛……她那雙與眾不同的眼睛，和氣溫柔地看著大家，她的注視讓人感到越來越溫暖。她似乎不是在看我們全體，而是看進每個人的眼睛。我們所有人都湧起莫名的激動，似乎忘卻了一切，沉醉在她不凡注視所散發的溫暖之中，甚至沒人請長途跋涉的她坐下來歇會兒。

「她先開口說話，語氣平靜又仁慈得出奇：『各位午安。』我們站著不發一語。鮑里斯打破沉默，代替大家回答她：『您好，可以介紹一下自己嗎？』

『我是阿納絲塔夏，我前來是有事相求。請你們撤回直升機，以免對這裡造成傷害。你們想找我，我也來了。我會盡可能回答你們的問題。』

『是的，我們就是在找您。謝謝您自己前來，這樣省了很多麻煩。』鮑里斯回答。他仍然沒有請阿納絲塔夏坐下，即使帳棚旁就有桌子和幾張折疊椅。他也沒有把阿納絲塔夏帶到一旁說話，看來對方的突然來訪讓他感到不知所措。他一開口就坦承這趟行程的目的：

『嗯，太好了……。您自己來了，我們也正是為您而來。別擔心，我們馬上就把直升機叫回來。』

「鮑里斯對資深保鑣下達命令，要他用無線電連絡直升機駕駛，將直升機開回營地。這道命令立刻執行後，他回到阿納絲塔夏的面前，說話變得比較冷靜、堅定：

『阿納絲塔夏，直升機馬上就到了。您要與我們同仁一起上機，告訴他們您和兒子生活的空地在哪裡。直升機會在您指示的地方降落，您就帶著兒子上機。我們會將你們送到莫斯科近郊的保護區，保護區會完全依照您的指示安排，不會有任何人打擾。那裡二十四小時都有保全，在您進駐之後，還會再加強守衛。科學家只會偶爾在您有空時找您交談，他們都是學識淵博的人，和他們聊天會很有趣。他們最想瞭解您對一些自然和社會現象的看法，還有您的人生哲學。

『如果需要的話，您還會有位得力助手。他可以隨時待在您的身邊，只要三言兩語就能體會您的感受。即使他還年輕，但已經是才華洋溢的優秀科學家。而且，他在還沒見到您之前就愛上您了。我認為你們非常適合彼此，或許可以成為幸福的一對佳偶。不只他的學識配得上您，就連生活方式也非常適合您。而他就在這裡。』

「鮑里斯轉向史坦尼斯拉夫，用手指著他，示意他過來：『過來呀，史坦尼斯拉夫，還磨蹭什麼？自我介紹一下。』

「史坦尼斯拉夫走了過來，站在阿納絲塔夏的面前，有點難為情地說：『鮑里斯直接推薦我了。您可能會覺得有些唐突，但我真心準備好向您求婚，也願意收養您的兒子，將他視為己出。我會協助您解決各種難題，希望您讓我當您的朋友。』

「史坦尼斯拉夫如紳士般向阿納絲塔夏低下頭，牽起她的手親了一下。他的舉止紳士又優雅，要是阿納絲塔夏換件衣服，他們就真的像一對人人稱羨的佳偶。

「阿納絲塔夏溫柔又帶點嚴肅地回答：『謝謝您如此貼心待我……謝謝您如此為我著想。』接著繼續說：『如果您真認為自己的能力足以分享愛、讓他人的生活更幸福美滿，那就請您想一想，在您周遭認識的女人當中，或許就有女人對生活不滿意、因某事而不幸，請您去關心她、愛她，讓她幸福快樂。』

『我想愛的人是您呀，阿納絲塔夏。』

『我已經有另一半了，請您別浪費精力在我身上，世上還有更需要您的女人。』

「鮑里斯決定幫腔：

『阿納絲塔夏，您說的另一半是和您見面的那個人嗎？您一定是在說弗拉狄米爾．米格烈吧。他在我們的社會裡，根本不算是個好模範。』

『無論你們怎麼說他，都不會改變我對他的感覺。我無法控制自己對他的愛。』

『但是，為什麼您選擇和弗拉狄米爾見面？一個既無信仰，也不學無術的平庸男子。他只是個普通的企業家，為什麼您偏偏愛上的是他？』

「那時我突然明白，」亞歷山大接著說，「鮑里斯、史坦尼斯拉夫與隨行團隊的目標再明顯不過了。他們要千方百計帶走阿納絲塔夏，出於自身的利益利用她，無視她的個人意願。不管這是誰的主意——是他們自己的，還是來自上層的命令——他們就是要不擇手段完成這項任務，而且什麼都阻止不了他們，就算理由再充分也一樣。

「阿納絲塔夏大概也明白這點。她不可能不知道，或沒有感受到他們的意圖。然而，她面對眼前的幾位男子時，態度還是像對待朋友般友好。她真誠且毫無掩飾地向我們分享自己內心的感受，正也是她的態度和真誠抑制了——更精確來說，是緩和了——暴戾之氣。無論鮑里斯和史坦尼斯拉夫再怎麼想澆熄她對你的感覺，她都能巧妙地加以駁斥，讓他們的爭辯都變得毫無意義。

「大家都說，戀愛的女人只會看到對方的優點，無視他真正的為人舉止。但她的理由完全不一樣。在阿納絲塔夏的出現引起一陣騷動過後，我有機會悄悄地打開錄音機錄音。「我常常打開來聽，分析阿納絲塔夏說的話，我全部都記得……而這個『全部』就足以顛覆了我的思維。」

「是什麼顛覆了你的思維？」我很好奇阿納絲塔夏會怎麼說我。亞歷山大繼續說：「就在鮑里斯問『為什麼您偏偏愛上的是他呢？』阿納絲塔夏直率地回答：

『問這種問題根本沒有意義，沒有一個墜入愛河的人能夠解釋，自己為什麼愛的是對方，而不是別人。對每個戀愛中的女人而言，這世上只會有一個最棒、最重要的人，那就是她選擇的人。而我最愛的人，正是我最棒的人。』

『阿納絲塔夏，即便如此，您一定也知道這個選擇很荒謬。就算是無意間發生的，還是相當荒謬。您當初的衝動應該要被理智、能力和邏輯給澆熄才對，告訴您這傢伙比其他人還靠不住。您好好想一想吧。』

『我仔細思考後，反而得出相反的結論。既然如此，再想也無濟於事，浪費時間罷了，只是讓已經發生的事添增了令人費解的必然性。倒不如就接受既定的事實。』

『接受荒謬？接受矛盾？』

『這只有乍看之下是如此。你們從莫斯科遠道而來，一路上風塵僕僕，才終於抵達這裡。你們對我的愛情提出了質疑。你們卻沒有看到這也是種矛盾——在莫斯科發生的一些事，就能清楚解釋這份愛。你們在那裡就可以好好想一想，也省得你們這樣跋山涉水。』

『莫斯科發生了什麼事？』

『表面看起來簡單，但也僅止於表面而已。你們說弗拉狄米爾平庸、無趣又可惡，可是他在與我見面後立刻拋下所有，從西伯利亞回到莫斯科，為的是要實現他對我的承諾——組織良心企業家結社。就算他沒了錢，仍然採取行動。

『莫斯科托克馬科夫巷十四號有一棟雙層建築，以前是第一個企業家協會的總部。但在高層一一出走後，協會也分崩離析了。弗拉狄米爾進駐後，大大小小的空辦公室開始有了生氣。他寫著一封封要寄給企業家的信，日以繼夜地不停工作，累了就睡在辦公室裡。有人來探視他，也有人開始幫助他。他們信任他，也相信他做的事。這是他在我泰加林空地時，我對他所要求的，我告訴他這有多麼重要。

『我替他想了行動計畫，只要他照著我夢想中的順序，就能達成目標。照理說，他應該先寫書，解釋並推廣很多訊息。出書能讓他找到並集結良心企業家，讓他有資金可以實現計畫。可是弗拉狄米爾卻用自以為對的方法行事，幾乎沒有想到我。他在瞭解計畫的重要性後的確付諸實行，用的卻是自己的方法，打亂了順序。

『目標於是變得遙不可及，但他不知道這點，仍展現出無比的堅持和機靈。有人認同他的理念並提供協助，讓企業家結社的計畫漸漸萌芽。雖然難以置信，但已經小有成果，良心企業家開始集結起來。還有一份企業家名單，你們可以去看看。』

『我們看過那份名單了，就放在第一集裡。但必須讓您失望了，阿納絲塔夏。您會非常失望！名單裡竟然有「莫斯科水晶酒廠」這種企業，他們的產品和靈性完全沾不上邊呀。』

『世界萬物都是相對的，水晶酒廠或許只是和其他比起來不好。況且，重點是在能改變一切的念頭。今日發生的事實，是昨日思緒的結果。』

『我同意您說的話，可是您的弗拉狄米爾還是沒能將良心企業家組織起來。阿納絲塔夏，我很確信，您真的所託非人。』

『弗拉狄米爾打亂了預定順序，所以沒辦法達成目標。他更毫無任何機會和資源，去將資訊推廣到莫斯科之外。各種不利的因素接踵而來，讓他不得不離開辦公室，失去繼續工作、通訊和過夜的地方。他離開了莫斯科托克馬科夫巷的房子，身旁還跟著一小群幫助過他的當地人。身無分文的他沒有安身之處，也沒有衣物可以過冬，更遑論支付幾位助理的薪水。他先前拋妻棄子，她們也放棄了他。您可知道，在寒冬走向地鐵站的路上，他對那幾位當地人說了什麼嗎？他在思考要如何從頭來過！即使遭遇重重困難，他還是想辦法要計畫。他果然是企業家！幾位當地人就跟著他，仔細聆聽並相信他。他們都敬愛他。』

『可否冒昧地請問您，他們為什麼要這樣做？』

『您還是親自去問他們吧，看看他們在他身上發現了什麼。去一趟托克馬科夫巷的那棟建築，問問警衛為什麼他們每次換班時，都會帶一罐罐或一包包的食物，希望讓他有午餐可以吃。他們也努力不要讓他因為這樣的慷慨而難為情。這些陽剛的警衛雖然不是他的下屬，卻會在家煮各種濃湯和羅宋湯，帶來給他吃，讓他嚐嚐家常味。他們都敬愛他，為什麼？

『在您抵達後，也可以找一名曾經擔任秘書的漂亮女士。她以前可是演員，曾在電影《顛簸繁星路》（*Cherez ternii k zvyozdam*）擔綱演出善良的外星人，演技相當出色。那是一部好電影，呼籲大眾要保護並愛護地球。您可以問問她，為什麼她只是在同一棟樓的另一家公司上班，卻願意默默幫助弗拉狄米爾。她不是他的秘書，卻還是提供協助。為什麼她會不厭其煩，在晚餐時為我的愛人送上一杯咖啡或茶呢？她把一切弄得像是公司招待的糖果、茶點和茶，但其實是她從家裡帶來的，她自己並不富裕。她敬愛他，為什麼？

『弗拉狄米爾還是不斷流失元氣，瀕臨死亡的他早已筋疲力盡。但即使在死亡面前，他還是死命地要達成目標。他果然是企業家！擁有不屈不撓的靈魂。』

『阿納絲塔夏，別再天花亂墜了，什麼叫做「瀕臨死亡」？您是在打比方嗎？』

『我實話實說。他在莫斯科的某幾天，肉體幾乎已經死亡。一般人在這種狀況下，早就躺著一動也不動，但他還是四處奔走。』

『或許是您的緣故，阿納絲塔夏？』

『在那可怕的四十二小時裡，我無時無刻不用光線溫暖著他，一刻都不敢停歇。但這樣是不夠的，要是身體裡的靈魂轉趨脆弱，我的光線也束手無策。所幸弗拉狄米爾的靈魂奮命掙扎，將死亡的來臨拋諸腦後。他的靈魂幫助我的光線，後來還陸續出現其他光線，雖然微弱、難以察覺，但是仍然存在。這些光線原來是來自莫斯科曾在他身邊並敬愛他的人。

『瀕死的肉體開始注入生氣。在真誠的愛面前，只要它是足夠的，連死亡都會退卻。人的永生就在愛中，在自己點燃愛的能力之中。』

『肉體死亡後不可能走動，您又在天花亂墜了，沒有科學根據。』

『人類的科學標準只是一時，而有真相是永世存在的。』
『那現今的科學家要怎麼說服自己？我們需要儀器的客觀結果呀。』
『那好，請您去一趟庫爾斯克火車站，地鐵站裡有一台快照機。弗拉狄米爾曾在那些日子裡拍過彩色證件照，現在還留在列寧大街四十二號，或許弗拉狄米爾自己也有一份。請您仔細看看照片，就會發現他身體有死亡的跡象，快照機甚至還捕捉到他臉上的屍斑。然而，他雙眼還是透露著生氣，以及奮命掙扎的靈魂。』
『您是唯一能拯救他的人，阿納絲塔夏。請您告訴我，為什麼您要耗費這麼大的精力救他？』
『救他的人不只我一個。請您去問問那三名當地的大學生，為什麼他們要自掏腰包，替他租一間套房？弗拉狄米爾知道失敗原因，終於開始寫書時，為什麼他們不顧自己還在考試，仍然拼命四處掙錢，每天晚上把弗拉狄米爾的手稿打進電腦？為什麼？您應該去問問那些在艱困日子對他不離不棄的當地人，問題的解答在他們身上，而不是我。為什麼莫斯科和市民會守護他、幫助他、信任他？
『莫斯科也參與了書的寫作。我對這座城市感到敬佩！甚至愛上了它！轟隆作響的任何機器、技術治理世界產生的愚昧變革，都無法阻止莫斯科市民內心對善與愛的覺知。城市裡的許多人都努力朝向良善、光明，還有愛。在機器巨響和四處奔忙之中，他們仍感受到愛的巨大力量與恩惠。』

『阿納絲塔夏，您說的事情還是令人難以置信，這不可能平白無故發生。這再次證明您擁有非比尋常的能力，您的光線具有前所未有的可能。您一定是利用光線，照亮弗拉狄米爾身旁的莫斯科人。您總不會否認是自己照亮他們的吧？是您讓一切奇蹟發生的。』

『是愛讓奇蹟發生的。我確實用過光線，小心翼翼地觸及他周遭的所有人，但我只是稍稍增強原本就存在他們心中的良善與愛，以及他們對光明的追求。我只是增強原本就有的東西。

『莫斯科發行了這本書。初版刷量不多，書也不厚，但開始有人買了，而且很快就銷售一空。弗拉狄米爾不扭曲這裡發生的事，如實描述他的所有感受。許多讀者都認為我聰明又善良，弗拉狄米爾成了愚昧無知的人。

『待在家裡的讀者沒有想到，弗拉狄米爾是在遙遠的西伯利亞泰加林中獨自與我相處，當時他對任何事物都很驚訝。我不知道還有誰能不帶任何裝備，千辛萬苦地進入泰加林。若真有人如此，他在看到弗拉狄米爾眼前的景象時，又會如何反應呢？弗拉狄米爾據實地描寫事情的經過，卻有很多人覺得他愚昧。你們卻還問我「為什麼是他？為什麼我如此愛他？」

『在寫書的過程中，弗拉狄米爾透徹了很多事情，一切體悟得很快。只要有機會和他交談，一定能注意到這點。然而，弗拉狄米爾不會因此美化以前的自己。』」

4 宇宙的樂章

「阿納絲塔夏說了很多你的好話。」亞歷山大繼續說道，「她知道所有的事情。她對他們說：『弗拉狄米爾的第一本書雖然刷量不大，但在莫斯科出版後，很快就有正面的評價，還有獻詩、繪畫和歌曲。書中的描述真誠不造作，保留我在宇宙中發現的組合和符號，喚起人類心中非比尋常且能療癒一切的正面感受。』

「鮑里斯聽到這時開始坐立不安，突然走到帳篷旁的小桌子坐下。我看到他試圖悄悄打開錄音機。他大概太渴望聽到重要的訊息了，所以完全無視旁人的存在，甚至也沒請阿納絲塔夏坐下，一心只想著如何快一點從她身上得到更多訊息。這名頭髮斑白的學者激動地提了好幾個問題：

『世界各地的科學家利用各種昂貴的專業器材，不斷嘗試捕捉宇宙中的獨特聲音。科學承認這種聲音，或許尚未全盤瞭解，大概只懂十億分之一。那您究竟是利用什麼裝置捕捉聲音，阿納絲塔夏？什麼裝置可以挑選出對人類心智有影響力的聲音？』

『這種裝置存在已久，那就是人類的靈魂。靈魂的心情和純淨可以接受或拒絕聲音……。』

『那好，我們假設一下，如果您真可以……可以從上億個宇宙聲音中，挑出並重組最好的幾個，但是聲音只能透過樂器這類的器具再現，那麼寫書的目的何在？畢竟書又不會發出聲音。』

『對，書的確不會出聲，卻可以是種樂譜。讀者在心中不自覺地讀出聲音，讓隱藏在文字底下的組合，能在內心響起原始又不失真的共鳴，帶來真理和療癒的效果，更讓靈魂充滿靈感。沒有任何的人造樂器能夠製造出靈魂響起的聲音。』

『可是弗拉狄米爾對這什麼都不理解，要怎麼保留您的所有符號呢？』

『我瞭解弗拉狄米爾的說話模式，也事先知道他不會扭曲自己聽到的事件本質，甚至還會如實地描述自己。不過，他還沒寫出所有的符號組合，所以得繼續寫下去。他其實只描述了一小部分，而且是在執筆後才漸漸理解。他得繼續寫。他出了名——意料之外的名聲，再努力一下就能組成企業家結社。可是他突然跨出了我預料之外的一步。他將莫斯科那間繳清租金的套房留給身邊的當地人，將讀者的掌聲留給他們，自己坐上了火車離開。』

『為什麼他要這麼做？』

『他一直想證實我說的話，想用科學證明我所說的各種現象確實存在，並要親自接觸。所以他決定暫停寫作，離開前往高加索。弗拉狄米爾離開莫斯科，想去高加索山脈親眼看看石墓——一萬年前活人進入等待死亡的古老結構物。我和他談過石墓的事情，我也告訴他這些石墓對現代人有很大的功用。

『弗拉狄米爾去了一座叫格連吉克的城市，在克拉斯諾達爾、新羅西斯克及格連吉克的各大博物館蒐集有關石墓的資料。他拜訪多名從事石墓研究的學者、考古學家、地方學家。他後來收集的石墓資訊，都要比專屬的博物館多了。我當然在背後默默幫他，透過他身邊的眾人之口，替他灌輸大量的新資訊，讓他有能力自行得出結論，不過他做事也是快速又果斷。在他將收集到的資訊與我說過的話比對，以及考古學家帶他看了離城市最近的一座石墓後，他知道一定還有其他石墓，只是因為當地居民認為沒有多大的意義、沒有太大的興趣，使得石墓殘破不堪。弗拉狄米爾接著做了一件看似不可思議的事情，他在三個月內改變了居民對石墓的態度，開始有人帶著花到墓前致意。格連吉克的女性地方學家自主成立公共協會，命名為「阿納絲塔夏協會」向我致敬。協會開設導遊課程，向訪客介紹石墓，希望能夠保存石墓，停止破壞的行為。此外，他們還規劃起新的旅遊路線，叫做「智慧之旅」。

『格連吉克的導遊開始介紹原始起源的重要性，以及造物者的偉大創造——大自然。』

『阿納絲塔夏，您覺得這都是他的功勞嗎？您沒有插手嗎？』

『要是沒有他就能做到這麼多，我早就做了。我一直想要做這件事。在偏遠山區的眾多石墓中，有一座正是我祖奶奶的長眠之地……。』

『但是怎麼做到的？一個大家都不認識的人，怎能有辦法在這麼短的時間內改變眾人的態度？還能發起如此活躍的協會？您也說了，當地居民早已從博物館知道一些相關的科學材料和出版物，卻都沒能激起他們的興趣。』

『對，他們知道，但沒有興趣。』

『但為什麼大家會聽他的？他是怎麼做到的？改變眾人的意識不可能這麼快。』

『弗拉狄米爾不知道這點。他就是不知道人的意識無法迅速改變，所以他毫不猶豫地行動，最後也成功了。您親自去一趟吧，問問協會的幾位成員，瞭解為什麼幸運之神會對弗拉狄米爾微笑。

『我對城裡發生的一切感到十分欣慰，「阿納絲塔夏協會」……他同意大家以我命名。我知道他是為了我，我想他開始瞭解我、開始愛我了。他之前確實學到很多，但始終沒有愛上我。他先前不愛我，是因為我做了許多錯誤的事情。

『我很快就瞭解到……我知道，我的夢想正在成真。眾人將會穿越黑暗力量的時光，然後獲得幸福！我的夢想一一實現了，只是我對他的愛沒有得到回應。這是因為我所犯的過錯，以及我的思想不夠完美純淨，所應付出的代價。』

『發生了什麼事？您怎麼會這樣認為？』鮑里斯問，『即便如此，大家早就認定他是庸俗之人。請您相信我，阿納絲塔夏，身為您的長輩和一名父親，我得告訴您，您的父母絕對不會認同你們的。』

『拜託您，請您不要這樣說我珍愛的人。或許有人覺得他庸俗，但對我而言並不是。』

『對他還能有別的看法嗎？誰不知道企業家是什麼樣的人？他就是現在典型的企業家呀，這點大家心知肚明。阿納絲塔夏，您別一直護著他。』

『無論如何，那都是我個人的事，而且您對我父母的看法也是錯的。』」

5 祖奶奶的靈

「『有天早上，我發現……』阿納絲塔夏輕聲地說，眼神彷彿陷入回憶中。『那天早上，弗拉狄米爾不在他暫租的房間裡，我的光線找不到他。那天正好是祖奶奶好幾世紀前走進石墓長眠的日子，每到這一天，我總是會想起她，試著和她說說話，她也會回應我。你們在紀念日時也會到親人的墳前思念他們，和他們說話，而我不用離開森林就能做到。我的光線可以幫助我遙視，並和遠方的人講話，而他們也能感受到我的光線。那一天，我想起祖奶奶，一如往常想和她講話，卻沒收到她的回應——完全沒有。這種事從來沒有發生過，於是我開始用光線尋找她的石墓，找到後便使盡全力投射光線，祖奶奶還是沒有回應。我不知道發生什麼事了，祖奶奶的靈[2]不在石墓裡。』

2 本章將дух（spirit）和душа（soul）分別譯為「靈」和「靈魂」（或單譯為「魂」）。

『阿納絲塔夏，請解釋一下您說的靈是什麼意思？是由什麼組成的？』

『是由人體內所有看不見的元素組成，包括肉體在世時獲得的某些偏好、感受。』

『靈是否擁有類似我們所知的能量呢？』

『有的。靈是種能量的綜合體，由多種能量構成。在肉體終止存在之後，部分的能量綜合體會分散為個別的能量，接著為動植物使用，成為不可或缺的自然現象。』

『靈是哪一種力量？未分散的能量綜合體有多大的潛能？』

『每一種都不同。最微弱的甚至抵不過重力，最終會解體。』

『重力？最微弱的？難道看得到能量的存在？摸得到？感受得到？』

『當然，比如說龍捲風。』

『龍捲風？您是說把樹木連根拔起、掀翻一切的龍捲風？那麼最強的擁有哪種能量？』

『最強的？應該就是祂了，祂的力量深不可測。』

『那好，一般的呢？』

『許多一般靈的能量綜合體已存在已解放的思維能量。』

『這種一般的能量綜合體擁有什麼力量、潛能？』

『我跟您說過了，存在已解放的思維能量。』
『什麼意思？有什麼可以比擬嗎？它的定義是什麼？』
『比擬？定義？以您的智慧、思想和認知，能想到的最強的能量是什麼？』
『核爆的能量。不，是太陽的能量反應。』
『您剛說的都只能算是這已解放的思維能量的一小部分。至於您要的定義，那只是你們想出來、要與別人溝通時用的，在這裡完全不適用。你們可以用所知的定義，再乘以無限倍就是了。』
『您祖奶奶的靈擁有什麼樣的能量？』
『她有已解放的思維能量。』
『您從何得知自己的祖奶奶？她是怎麼去世的？又是在哪裡？畢竟那是一萬年前發生的事呀！』
『祖奶奶的事蹟是從我們祖先代代相傳下來的，說祖奶奶走進石墓後長眠。』
『是母親告訴您的嗎？』
『媽媽去世的時候我還小，不懂那是什麼意思。是爺爺和曾祖父告訴我關於女先祖的一切。』

『一般人看得到靈嗎？』

『可以看到部分，只要改變光譜的感應知覺、色彩視覺，再配合內在頻率的改變就行了。』

『做得到嗎？』

『你們所知的色盲症說明了這是可能的。你們都以為這只是非人所願的疾病，但事實上並非如此。』

『您說您的女先祖——祖奶奶——的訊息值得代代相傳，甚至傳了數千年之久。這個訊息有什麼重要性與價值呢？』

『在所有先祖中，祖奶奶是最後一位有能力並知道女人在哺乳時應該如何思考、思考什麼的人。這些一萬年前人類擁有的知識，隨著文明漸漸流失，如今已消失殆盡。我的祖奶奶那時算不上年長，但她為了保存所有原初的知識，自願走入石墓等待死亡。只要人類恢復意識，就會知道有必要將這些知識傳承給哺乳的母親。人類還會幫助彼此瞭解一切。祖奶奶在石墓裡透過死亡，悟出更多女性所需的真理。』

『為什麼要進入石墓?石墓和一般的石砌墓穴有什麼不同?為什麼她不等到年老，就決定要在石墓裡死去?是什麼理由目的促使她這麼做，還是單純出於迷信?』

『哺乳在當時已經越來越不受重視，而且女性並不能選擇進入石墓。老首領相當敬重我的祖奶奶，也知道要是不達成她的請求，下一任首領會把她的話當做耳邊風，認為她的遺願只是癡人說夢。然而，老首領沒有辦法強迫男性為我的祖奶奶建造一座石墓，於是把自己的石墓讓給了祖奶奶。男人皆不認同他的決定，拒絕掀開石板蓋讓祖奶奶進去。因此，女性聚集了起來，整晚努力掀開幾噸重的石板，可是石板仍不為所動。黎明時，老首領走了過來。不太能走的他還是拄著拐杖過來，對著她們微笑並說了一些鼓勵的話。她們不一會兒就將厚重的石板掀開，讓祖奶奶進去了……。』

『石墓和一般的石砌墓穴有什麼不同?』

『外觀上並沒有什麼不同，但這種你們所謂「石砌墓穴」的石墓，是由活人進入後等待死亡。石墓不是現代人認為的石砌祭祀結構，它是智慧的紀念碑，用來紀念偉大的靈為了後代犧牲。就算到了現在，石墓還是有重要的功用與使命。而且，在石墓中死亡是不平凡的，其實「死亡」一詞也不適合用在這裡。』

『我想像得到，一個活著的人被密封在石室內……這樣折磨人的死法真的不太尋常。』

『進入石墓長眠的人一點都不會感到折磨。他們的死之所以非比尋常，是因為他們會進入冥想，沉思著永恆。他們的靈會永久留在地球上，保留部分世間的感受，但是永遠沒有機會再以物質形體出現於世上。』

『他們怎麼冥想？』

『你們現在都知道什麼是冥想、打坐，尤其是在古老東方的宗教裡。現在還有教導，教人理解打坐的現象，但可惜只是皮毛，不是深層的意義。現在也有人會打坐，部分的靈出竅一段時間後再回到肉體。如果在肉體還活著的時候就進入石墓裡打坐，靈便能夠完全出竅、入體好幾回。肉體活著時是如此，之後靈就會永遠留在石墓裡，獨自等待有人前來，好給他們原初的智慧。肉體雖然能存活一段時間，但仍然是與世隔絕。不過只要肉體還活著，靈就能在不同的次元之間來回穿梭，因此有機會以你們覺得不可思議的速度去分析、確立既有的真理。

『在石墓中長逝或進入永恆冥想的人知道，他們的靈與魂不可能再具化，無法進入任何世間的肉體與物質中。他們無法遠離石墓，不能離開太久，但要是有人來到石墓，他們就能與來者肉體內的靈魂粒子交流。而如果說有死亡的折磨或一般的痛苦，那其實是數千年來都沒有人來汲取這些知識。不被人需要是他們最大的悲劇，被需要的原因是……』

『阿納絲塔夏，您認為哺乳的母親必須擁有這些知識和能力？』

『對，這很重要。』

『但是為什麼？母奶餵的只是孩子的肉體呀。』

『不只是肉體，母奶可以傳遞大量的訊息和敏銳度。您一定知道，每個物質都有自己的訊息、能量光芒、振動……』

『我知道，但母奶要怎麼傳遞敏銳度呢？』

『可以的，母奶非常敏銳，與母親的感受密不可分。就連母奶的味道也會隨之變化。母親承受的壓力還可能造成母奶變質或斷奶。』

『沒錯，的確有可能這樣……那您說沒有人來看您的祖奶奶？所以有數千年沒有人來了？』

『一開始有，主要是前幾代的親戚和住在當地的民眾。地球後來發生了劇烈變動，大家一一搬離。石墓還是留在原地，但數千年來都沒有人為了想瞭解而前來看祖奶奶……現在許多石墓都成了廢墟……因為沒有人知道……。

『我在泰加林和弗拉狄米爾談到石墓與祖奶奶時，他說或許會親自拜訪她的石墓。我便向他解釋，他不可能會瞭解、感受到祖奶奶的靈與魂，並接收到她的訊息。男人並不理解母親哺乳的感受和感官知覺，我的祖奶奶千百年來等的也是女性，而不是男性。然而，從來沒有女性前來，只有我會每年一次和她溝通。而那一天，我想和她講講話，跟她說些好聽的，可是我卻做不到，因為祖奶奶的靈不在石墓附近。我不知道怎麼會這樣，開始用光線搜尋石墓四周，並且漸漸增加搜索半徑。突然間……找到了！找到了！她在一座小山谷的石頭上，石頭上躺著失去意識的弗拉狄米爾，而祖奶奶——她的靈聚合成一股隱形的能量團——正俯向弗拉狄米爾。這下我明白了，弗拉狄米爾原本要找嚮導帶他進入深山尋找離幹道很遠的石墓群。但是他沒有找著，沒有人願意無償帶他去，所以他決定獨自上山，卻在路上不慎跌落山谷。他穿的還是一般的鞋子，而不是登山靴。他根本沒有任何登山裝備。他想證實石墓的存在，想要親自摸一摸，就這樣自己上山了。祖奶奶紀念日那天，他走近了離幹道很遠的石墓群。祖奶奶不明白，為什麼這個不諳登山的人會前來，所以一直觀察他。而當他滑倒、開始滾落時，祖奶奶突然……她的靈變成矯健的空氣團往下追。

『祖奶奶救了弗拉狄米爾。他沒有撞到頭部，但在滾落時因多處挫傷而昏厥。祖奶奶用她富有彈力的空氣團抬起他的頭，就像用雙手扶住那樣，等待他恢復意識，所以她才沒有回應我。弗拉狄米爾後來醒了，但祖奶奶沒有回到石墓，她留在山谷，看著他爬回幹道。

『後來，路上有石頭滾了開來，我才發現祖奶奶待在上頭，凝聚成彈力空氣團，把石頭一塊塊移開——她想幫助弗拉狄米爾下山。我也想這麼做，於是開始用光線沿著山路快速移動，好讓路上不會這麼濕滑，他才能平安回家、處理傷口。可是他從山谷爬上來後，先是看了新羅西斯克博物館人類學家畫給他的地圖，接著居然起身，一拐一拐地繼續前進。他不是往下走那已經弄乾且清光石頭的路，而是往另一頭上山。這突如其來的舉動讓我嚇了一跳，我想祖奶奶一時也沒弄懂他的意圖。他那時走出幹道，爬進充滿荊棘的灌木叢……。我明白了，他要去祖奶奶的石墓！

『他抵達石墓後，坐在墓前的石板邊緣，解開外套的鈕扣。手受傷讓他弄了好一陣子。等到他脫下外套後，我看到裡頭藏著一束鮮花——三朵玫瑰。其中兩朵的莖斷了，花也在他跌落山谷、撞到石頭時折到了，有些刺還沾了血。他將折損的玫瑰花放在墓前，點起一根菸後說：「可惜花斷了。這是獻給美麗的妳，想必妳一定和阿納絲塔夏一樣漂亮。妳既聰明又善良，想將哺乳的事告訴我們的女性，只是她們都不知道妳的存在。而且石墓太偏僻了，她們很難到達。」

『弗拉狄米爾接著拿出裝滿白蘭地的行軍水壺和兩只鋼杯，再從口袋掏出一把碎掉的糖果。他將白蘭地倒進鋼杯，自己喝了一杯，另一杯放在墓前。他把糖果放在杯上，然後說：「這是獻給美麗的妳。」

『弗拉狄米爾所做的一切，就是現代人到親友墓前會做的事。可是我祖奶奶的靈，聚合成的隱形能量團在他身邊繞圈，著急得不知所措。她一直試著回應弗拉狄米爾的話，想將空氣凝聚成自己的形體，可是她的透明身形幾乎看不到。弗拉狄米爾沒注意到，看不到也聽不到。祖奶奶想盡辦法和他解釋，卻只能焦急如焚地打轉。後來空氣團輕輕碰到並打翻了鋼杯，弗拉狄米爾還以為是突然有風弄倒了，開著玩笑說：「嘿，真是沒規矩，白蘭地可是很貴的。」

『祖奶奶的靈頓時傻在石墓一角。弗拉狄米爾再倒了一杯白蘭地，把石頭壓在鋼杯上，再放一顆糖果。接著他又開始說話，似乎在自言自語：「得開闢一條正常的路到石墓。妳再等一等，馬上就有路了，到時會有女性前來。妳可以告訴她們哺乳時應該想些什麼。妳的乳房一定很美。」

『弗拉狄米爾後來下了山，直到深夜才回到房間。在冷冰冰的房間裡，他獨自坐在沙發椅上，一邊包紮傷口，一邊看著錄影帶。這捲錄影帶在許多城市拷貝流傳，最後到了他手上。

『電視螢幕上出現一位講者，底下的聽眾大多是女性。講者談到上帝、談到正人君子的精神力量，接著還講起我來。他說我是個完美的女性，是大家應該效仿的對象；說我有很強的心智和精神力量，而且有光明力量在協助我。只要我越融入一般世界的人類生活，就能夠助他們一臂之力。

『他說了我很多好話，可是忽然間……他說我還沒遇到真正的男人，我接觸的那位不算真男人……。而且之前還有人說，澳洲有個年輕人適合我，那才是我應該見面的真男人……。

『弗拉狄米爾，他……您知道嗎，他獨自坐著，耳裡傳來這些話……。單手受傷嚴重的他，只能用另一隻手使力包紮腿傷。我用光線照向弗拉狄米爾，想要溫暖他的傷口，減緩他的疼痛。我要告訴他……想辦法告訴他……。雖然每次我從遠方和他說話，他從來沒有聽到過，但這次說不定會成功……。或許可以，因為我是如此地渴望他聽到，我要讓他知道我愛的是他！而且只愛他一人！只有我深愛的他，是真正的男人。

『但有一股灼熱感將我彈回草地，有東西不讓我的光線靠近弗拉狄米爾。我再次迅速地用光線照向他坐著看電視的房間，卻看到一股隱形的能量團——祖奶奶的靈——跪在他的面前。他看不到、也聽不到祖奶奶，一直看著電視。祖奶奶用自己的氣息溫暖他雙腳的傷口。他將可怕的古龍水倒在傷口上，像是灼燒一般。祖奶奶想和他說話，可是他聽不到。

『祖奶奶的靈非常剛強，任何看不見的東西都無法穿過。任何精神武器的攻擊都會瓦解，甚至她連正眼都不瞧一下，一切都會反彈回去。我這下沒辦法插手了，只能眼巴巴看著……。我一邊看著，一邊以極快的速度想著：到底怎麼了？為什麼會這樣？為什麼講者要這樣說？他是想幫我嗎？想要解釋什麼嗎？是什麼？為什麼我的光線會急著照向弗拉狄米爾？我當然害怕他在聽到「不是真男人」後會生氣、會對那個人吃醋。可是忽然間……噢，好痛苦……好難過……。他在看完錄影帶後，只嘆口氣說：「是啊，真男人……。澳洲嗎？就讓他們認識吧，也許這下她就會把孩子給我了。」

『我的光線顫抖起來，彷彿一切陷入混沌、黑暗……。弗拉狄米爾沒有吃醋。忌妒固然不好，我卻巴不得他能有一點忌妒，只有些微也行。然而，弗拉狄米爾卻如此冷淡地將我拱手讓人。我忍不住哭了起來，哀求祖奶奶告訴我錯在哪裡。我做錯了什麼？違反了什麼？她起初沒有回答我，等到弗拉狄米爾包紮完最後一個傷口，她才帶著哀傷的語氣說：「我的小女兒，妳要做的就只是愛啊。為妳心愛的人著想，不要藉機抬舉自己。」

『我試著解釋自己只是想做好，但是她又一次輕聲說：「小女兒呀，妳是為了自己著想——繪畫、音樂、詩歌都是妳的。我知道妳的夢想是為了所有人、為了妳心愛的人；強大到會讓一切實現，但是如果妳想得到世間的愛情，將會變得越來越難。小女兒，妳已經成了明星，大家會把妳當作明星般愛戴，而不是女人。」

『祖奶奶不再說話。我開始無法自己而放聲大叫，試圖要解釋或證明我不想當明星，我只想當一個女人，一個被愛的人！卻沒有人聽到我的心聲。

『拜託，請幫幫我！現在我已經懂了好多好多，我不是在為自己擔心，我可以過得好好的。可是弗拉狄米爾要花很久才能理解，錄影帶裡的訊息正讓他偏離真理。

『這捲錄影帶不能再流傳了，它會讓眾人和弗拉狄米爾以為我是理想、是明星，覺得我應該和別人在一起，而不是他。

『我不是明星，我是個女人。我想要愛一個我想愛的人。

『我的路不再是我一人決定的。我錯了，我原本夢想大家會開始談論我、寫詩作曲獻給我，藝術家將我做為題材……這都實現了，一切都如願以償。謝謝詩歌，謝謝詩人。但是我錯了，錯在這樣的夢想。詩歌還是有必要！可是我不應變成明星。

『我只是想讓弗拉狄米爾看到我、聽到我，好讓他記得我，不會忘記我。可是我在夢想的時候，並沒有想到會這樣。我知道自己成了明星，受大家景仰，可是只有女人才能被愛呀。』

『阿納絲塔夏！您知道自己在說什麼嗎？要錄影帶停止流傳是不可能的，況且很多人都會自行拷貝。這是您無法控制的局面，沒有人可以。』

『我知道您做不到，但弗拉狄米爾……是企業家呀！就算難以掌控局面，他還是能做點什麼。可是他什麼都不試，就這樣以為我和他真的不適合。』」

6 光明的力量

「老學者好像把其他事都忘了，持續對阿納絲塔夏拋出一堆問題：

『阿納絲塔夏，光明的力量是什麼？』

『就是人類曾經產生的所有光明思想，這思想能夠充滿所有空間。』

『您可以和它自由溝通，而且看得到嗎？』

『可以。』

『您可以回答科學遇到的任何問題嗎？』

『或許大部分都行，但每位科學家、每個人也能知道答案的。這一切取決於思想與動機的純潔。』

『您能解釋一些科學現象嗎？』

『如果你們找不到答案，表示你們的思想還不夠純潔。這是造物者的法則，如果我有什麼覺得不妥，就不會違反法則。』

『有什麼比人類產生的光明思想還崇高的嗎？』

『有，但是兩者同樣重要。』

『是什麼？您說得出來嗎？』

『看您如何去體會。』

『您能和它交談嗎？』

『有時可以。我認為自己實際上是在和祂交談。』

『宇宙間有地球未知的能量？』

『宇宙最大的能量就在地球上，只是需要加以瞭解。』

『阿納絲塔夏，可以請您更貼切地形容這種能量嗎？是像核能反應？還是真空現象？』

『宇宙間最強的能量——是純潔的愛。』

『我說的是看得到、感覺得到的能量，能影響科技製程、發光發熱的能量，或是會爆炸的能量。』

『我說的亦是如此。就算將現有的人造機制全部集結起來，也無法為地球照亮多久，但是愛的能量可以。』

『您又在打比方、拐彎抹角的。』

『我直話直說，用「你們」能懂的話。』

『但是愛是種感覺、看不到的東西，不能使用也看不到。』

『愛是種能量。愛可以反射，所以看得到。』

『在哪裡反射？在什麼時候看得到？』

『太陽、星星、所有的可見星球，全都是這種能量的反射體。賦予地球一切生命的陽光是由人類的愛創造出來的。在全宇宙中，愛的能量只會在人類的靈魂中再度產生，在升空並過濾後，從宇宙星辰反射出有益的光線，灑落在地球之上。』

『太陽難道不是自行燃燒、產生化學反應嗎？』

『只要稍微動腦想一想，就會明白這種推論並不正確，好比你們所謂的「二加二等於五」一樣不合邏輯。』

『人類可以操控這種能量嗎？』

『現在大部分還不能。』

『那您知道怎麼操控嗎？』

『不知道。如果我知道的話，我愛的人就會愛我了。』

『您說可以和那個高於光明力量的祂交談。祂都會回答您嗎？很樂意回答您嗎？』

『都會。祂每次回答都很溫柔，因為這是祂的天性。』

『那您能否問祂如何控制愛的力量？』

『我問過了。』

『如何？』

『如果要明白祂的答案，必須有一定程度的覺知和純潔。可惜我的程度還不夠，沒辦法完全理解祂的答案。』

『您還是會繼續努力獲得愛的回應嗎？』

『當然，我會繼續努力。』

『您要怎麼做？』

『我得想一想。請您幫幫我吧，問問所有曾經愛過、被愛和不被愛的女人。她們思考、分析及產生的想法，會出現在光明力量的次元。這樣我就能看見並瞭解，接著幫助所有人。

光明次元裡的思想都是可以懂的。』

『阿納絲塔夏，一次問所有女人根本是癡人說夢，沒有人辦得到。』

『那就請教弗拉狄米爾吧，他會想辦法的。他不會只為了我一個人，您得向他解釋這對所有人、對他來說非常重要。如果他真覺得重要，就一定會做些什麼。他會找出方法，問到所有女性。』

『您如此相信他，為何他不愛您呢？』

『這不是他的問題，錯在我身上。我犯了太多過錯，也許是我操之過急，讓他覺得我的能力很不真實。也許是他到現在還不明白，為什麼他的兒子要生長在一個看起來不像人居住的環境，也就是森林裡。也許是我硬要插手他的日常習慣、干預他的思維。現在我懂了：男人很不喜歡這樣，有些男人還會因此毆打女人。我也許該等他的，他自己會領悟一切的，覺得自己至少在某些方面勝過我。然而，我沒有適時想到這點，只說他在未淨化自己之前都不能見兒子。當時我只想著兒子、想著怎麼對他好，竟然還無心地說出「孩子看到父親無知，總是不太好」。最後變得好像是我天資聰穎，而我愛的人愚昧無知。我又怎能奢望他回應我的愛呢？』

『既然您這麼有能力分析，為什麼還要問其他女人？』

『我要弄清楚是否有轉圜的餘地。我自己無能為力，因為只要想到他，心情就會激動無比。分析時得心平氣和，一邊回想一邊對照。可是我除了他，什麼也想不起來。』

『您可以和他說話吧？』

『我認為千言萬語都沒用，真愛不是用說的，必須要有所行動。但是怎麼做呢？也許有女人有過經驗可以回答吧？』

『您不能用光線影響他嗎？』

『現在連光線都碰不到他，祖奶奶的靈經常在他的身邊。她不允許我靠近，原因我明白……。』」

7 突襲

「直升機在這時飛進營地，所有人都靜靜地看著它降落。兩名駕駛走了出來，向我們靠近，同時也盯著阿納絲塔夏。一群身材魁梧、佩帶武器的男子默默看著眼前這位穿著舊短衫的獨身女子。大家心裡都有數——要把這個女人抓走，問題只在於要怎麼讓場面看起來正派一點。現場在很長的停頓後，鮑里斯直截了當地說：

『阿納絲塔夏，您對科學而言是一塊瑰寶。我們接獲指令要將您帶回，所以非執行不可，這也是為了您好。如果您搞不清楚狀況而拒絕配合，我們只好將您強押回去。您一定想把兒子一起帶到新家吧？那就請您在地圖上指出空地的位置，會有直升機去載他。之後我們也可以抓一些動物，送到您居住的新家。我再說一次：會這樣做都是為了您、為了您的兒子、為了其他人類。您不是一直想為人類帶來好處嗎？』

『是呀。』阿納絲塔夏平淡地回覆，接著立刻說：『只要大家有興趣，我很願意分享自己所知的一切，不過對象要是全人類。科學的成就並不是馬上就能成為大家的財產，一開始都侷限於少數幾人，常常是為了滿足他們的一己之私。非要等到少數幾人在有利可圖的前提下公佈時，大多數的人才能享有。那你們代表了誰？不就是特定的少數幾人嗎？我不能跟你們走，我還有人要照顧，那就是我的孩子，這只有在愛的空間裡才能做好。我的祖先和家人創造並完善了這個空間，雖然現在還很小，卻是我與宇宙一切連結的媒介。每個人都應該在周遭創造愛的空間，將它送給自己的孩子。生了小孩卻不為他準備愛的空間，這可是一種罪過。所有人都應該在身邊創造小小的愛的空間，如果世人瞭解這點並付諸行動，那麼地球就會變成宇宙中充滿愛的亮點。這是祂的願望，也是人類的目的，因為只有人類可以創造出這樣的空間。』

「兩名壯碩的保鑣從後頭靠近阿納絲塔夏，不知道他們是受到誰的指令。保鑣隊長嗎？還是事先預謀好的？他們互相使眼色後，同時抓住阿納絲塔夏的手。動作專業俐落，但也不失謹慎。他們牢牢抓住她的手，就像抓著展開翅膀遭捕獲的鳥兒一般。粗壯、短髮的保鑣隊長走向前，站在鮑里斯的身旁。阿納絲塔夏的臉上沒有一絲害怕，但她不再看著我們，而是稍稍低著頭，眼簾低垂、隱藏著眼神。接著，她頭抬也不抬地說起話來，聲音和剛剛一樣平和友善：

『拜託，不要使用暴力，很危險。』

『對誰危險？』保鑣隊長嘶啞地問。

『對你們，我也會不高興。』

「鮑里斯不知是在壓抑恐懼，還是抑制興奮的情緒，開口問：『難道您能運用不屬於人類的能力，對我們的身體造成傷害嗎？』

『我是人，和所有人一樣。可是我現在相當不安，恐怕會有不堪設想的後果。』

『例如說？』

『物質……細胞……原子……原子核……四處亂竄的核子……這些你們都知道。如果能清楚、精準地去想像、觀察及察覺，運用想像力從核子中取出亂竄的粒子，哪怕是一顆也好，都會讓物質產生變化……。』

「阿納絲塔夏把頭撇到一邊，稍微睜開雙眼，緊盯著地上的一個石頭。石頭竟開始裂成一塊一塊，眨眼間化為沙堆。接著她抬頭看著保鑣隊長，瞇著眼集中目光。保鑣隊長的左耳尖開始冒煙，耳朵的軟骨一毫米、一毫米地慢慢消失。站在一旁的年輕保鑣嚇得臉色發白，突然毫不猶豫地掏出手槍，動作非常專業。他迅速對準阿納絲塔夏，將整個彈匣的子彈射完。

「所有人的思考在那時一定都很快，當下有如我們曾經聽過戰場上的士兵，他們能在極端環境中，看見移動中的手榴彈或子彈。雖然是以正常的速度前進，可是思考加快後讓一切慢了下來。

「我看見臉色發白的保鑣對著阿納絲塔夏，手槍射出一發又一發的子彈。第一發子彈飛向她的臉，擦過太陽穴。剩下的子彈還來不及到達，就在途中化為沙塵，就像她看的那顆石頭一樣。

「我們全都嚇得目瞪口呆，站在原地看著阿納絲塔夏的頭巾下，一道鮮血沿著臉頰緩緩流下。

「抓著她手臂的保鑣在聽到槍聲時急忙閃開，但並沒有就此放開她。他們死命抓著她，將雙手往兩邊扯。忽然間，淡藍色的光芒在我們周圍的地上四散開來，它來自上頭的某一處，迅速地增強。我們感到一陣頭暈目眩，動彈不得也說不出話來。在這異常寧靜的時刻，阿納絲塔夏開口說：『請你們放開我的手，這樣我沒辦法……。放開，拜託！』

「但是嚇傻的保鑣並沒有放手。我現在知道，為什麼她在和你說話的時候會舉起手來了。她是在向上面的某人示意一切都很正常，不需要幫忙。但是這一次，阿納絲塔夏根本沒機會舉手……。

「藍光持續增強，接著開始閃爍。我們看到……上方有一顆閃動著脈衝藍光的火球，像是一顆巨大的球型閃電，火球內部閃爍並交織著無以計數的閃電。閃電衝出藍色的外殼，一下射向遠處的樹林末梢，一下飛往我們腳邊的花朵，但是都沒有造成傷害。一道細細的閃電如電光石火般，打中擋住溪水的石堆及倒下的樹木，障礙物當場冒煙蒸發。

「衝出藍色火球外殼的光線必定擁有我們無法理解的巨大能量，由某種智慧操控著。

「擁有未知能量的智慧物質就在我們身旁，但最令人難以置信、超乎常理的是我們對它的感受——我們絲毫沒有恐懼，沒有警覺性，相反的是……

「你想想看，在這種情況下，我們竟感到一陣平靜與心安，好像身旁出現的是與我們很親近的東西。

「藍色的電光球體飛到我們上方，似乎在打探、評估局面。突然間，它在空中畫了一個圈，降落在阿納絲塔夏的腳邊。藍光增強了能量，彷彿使人感到心曠神怡，讓我們懶洋洋地不想動、不想聽也不想說話。

「幾道火光猛然射出球體的藍色外殼，衝向阿納絲塔夏並碰觸她，看起來像是在輕撫她裸足的腳趾。

「她掙脫癱軟無力的保鑣，將手伸向球體，球體立刻飛到她的面前。先前在我們眼前將溪石化為沙塵的電光，竟然開始撫摸她的手，沒有造成任何傷害。

「阿納絲塔夏和球體說起話來。我們聽不到她說話，但從她的肢體和神情判斷，應該在試著向它解釋、證明什麼——可是說服不了它。球體完全沒有回應，但顯然看得出來不認同對方。這相當明顯，因為阿納絲塔夏越講越激動，甚至臉都脹紅了起來。她一邊說話，一邊脫下頭巾，一撮撮金麥色的頭髮散落肩上，遮住臉上的那一道血漬。她清秀完美的輪廓一覽無遺。

「火球像衛星繞著她打轉，再次停在她面前，接著數千道精細的電光衝向她的金色髮絲，細細地挑起每一根頭髮，彷彿在撫摸似的。其中一道電光頓時挑起一束頭髮，將太陽穴的槍傷露在外頭，另一道電光則緩緩滑過血漬。它似乎選擇不用言語，而是用自己如火焰般的電光，提醒她剛剛發生的事情，對她的說詞表達抗議。

「它最後將光線全數收回，阿納絲塔夏低著頭不說話。球體繞著她又轉了一圈，接著升上高空。藍光變得微弱，我們回到之前的狀態。但在藍光消失後，地上冒出棕色的煙霧，瀰漫我們四周的空間，只有阿納絲塔夏在小小的藍色光環中。當棕色煙霧完全籠罩我們時，我們開始體會到什麼才是地獄⋯⋯。」

8 什麼才是地獄

「聖經描寫罪人丟到熱鍋上的酷刑景象，甚至在恐怖電影中毛骨悚然的怪物情節，與我們當時經歷的一切相比，都只能算是天真幼稚的童話故事。人類史上從來沒有人可以描繪或想像出類似的場景。在所有的聖經情節、恐怖電影中，人類頂多想出以所有可能的方法折磨肉體，但這根本不及真正的地獄一分。」

「所以，有什麼是比肉體的酷刑還可怕的？你們看到的地獄是怎麼樣的？」

「藍光減弱之後，地上冒出棕色的煙霧，將我們從下而上包圍，接著我們竟被分成兩個部分。」

「什麼部分？」

「你想像一下……我突然被分成兩個部分，首先是我的肉體——被透明的皮膚包覆，可以看見體內的器官、心臟、腸胃、血管中流動的血液，還有其他各種器官。再來是看不見的部分——包含感受、情緒、理性、期望、痛覺，總之就是所有人類看不見的東西。」

「不管是在一起還是分開，仍舊是屬於你的，這有什麼差別嗎？如果暫且不論透明的皮膚的話，還有什麼恐怖的？」

「差別大得令人難以置信。重點是我們的肉體開始獨立行動，不受理性、意志、意圖和期望的控制。我們可以從旁觀察身體的一舉一動，那些看不見的感受與痛覺都還在，卻失去了操控自主行動的能力。」

「就像喝得爛醉？」

「喝醉的人無法從旁觀察自己，至少也是在醉意之下，可是我們什麼都看得見、感覺得到。我們意識清晰得出奇——我看到美麗的草地、花朵和溪流，聽到鳥兒的高歌、溪流的水花，感覺到周遭空氣的純淨、陽光的溫暖，但是肉體……我們透明的肉體，忽然成群跑向河灣。

「那兒像座小小的湖泊，溪水清澈透明，溪底有沙子、漂亮的石頭，還有優游自在的小魚。我們的肉體跑向美麗的小湖，撩水嬉戲，直接在裡頭便溺。溪水開始變得混濁、汙穢不堪，可是我們竟然喝了下去。我看到又髒又臭的濁水流經我的腸胃，讓我感到一陣反胃、噁心想吐。就在此時，溪邊的一顆樹下出現兩個赤裸的女性肉體，皮膚和我們一樣是透明的。兩位女性的肉體躺在樹下的草地上，在陽光下伸懶腰。保鑣隊長和我的身體跑向她們的肉體。

「我的肉體撫摸著一位女性，也得到她的愛撫回應，接著便與之交媾。保鑣隊長的肉體沒有得到回應，竟然強暴起對方。這時有名保鑣的肉體向我們跑來，拿石頭砸我肉體的脊椎和頭部。他毆打的是我的肉體，感到劇痛的卻是我那看不見的部分。保鑣抓住我的雙腳把我從那女性身邊拖走，然後開始強暴她。我們的肉體迅速地老化凋零。時間似乎不斷快轉，剛被強暴的女性馬上就懷了孕。從她透明的皮膚，可以看到子宮裡有個胚胎越來越大。

「科學家鮑里斯的肉體，走向那名懷孕的女性，仔細檢查透明皮膚裡漸漸長大的胚胎。他忽然把手伸進她的陰道，要把裡面的胚胎扯出來。同一時間，史坦尼斯拉夫的肉體匆匆將石頭推在一堆，瘋狂似地砍下一棵棵小樹，把手邊有的材料全用來蓋一個很像房子的東西。我的肉體跑去幫他。房子快蓋好時，我的肉體想把史坦尼斯拉夫趕出去，而他抵死不從，於是兩人扭打了起來。

「當他打我的腿和頭時，我那看不見的部分感到無比疼痛。我們的扭打引起其他肉體的注意，他們將我們兩人自房中趕出去，彼此也為了房子打了起來。我的肉體衰老得厲害，接著在我眼前開始分解，躺在樹叢下一動也不動，還飄出令人作嘔的惡氣。身上出現好多蟲，我能感覺到蟲爬滿全身，咬透並啃食著我的五臟六腑。我清楚感覺到內臟被蟲吞噬，卻只能等著肉體完全分解，才能解脫這難以忍受的折磨。

「忽然間，胚胎自第二個被強暴的女性中掉了出來。小孩子在我面前長大，站起身來，膽怯地跨出第一步、第二步，一個不穩跌坐在地上。我在他跌倒時感到一陣疼痛，我才驚恐地發現他是我的新肉體，而他被迫要生存……要在這些十惡不赦又沒腦的肉體之中生活，看著他們弄髒自己、汙染環境。

「我這時明白，我那看不見的部分並不會消失，而是要永遠觀察並清楚意識到這些行為的差勁，感受肉體上的疼痛以及其他更恐怖的感受……。

「其他肉體也是一樣，一次又一次地老化、分解、重生，而每次新生都只是在互換角色。

「周圍的植物幾乎消失殆盡了，取而代之的是醜陋的建築，原本清澈的河灣成了臭氣薰天的水窪……。」

亞歷山大沉默下來。他說的景象讓我感到噁心，我卻完全不同情地說：

「你們經歷的情況確實不堪，但你們這些混蛋是罪有應得。為什麼要對阿納絲塔夏糾纏不休？她隱居在泰加林中，不和任何外人接觸，不需要任何房子、退休金和資助，為什麼你們就是要打擾她？」

亞歷山大聽完我說的話，看起來沒有因此受委屈。他嘆了口氣，回答我：

「你剛剛說『經歷』……事實上……說來難以置信，其實我還沒完全走出這個惡夢……想必我們那群人也還沒完全走出來。」

「什麼叫『還沒完全』？你現在不是好好地坐在這，還拿木棍撥弄營火嗎？」

「沒錯，我的確坐在這撥弄營火，可是那畫面太清晰了……在我的腦海揮之不去。我很害怕——這不是過去的事，而是所有人現在正在面對的啊！」

「你或許正在經歷什麼，可是我和其他人又沒事。」

「弗拉狄米爾，難道你不覺得我們經歷的情況，正好就是現代人類的翻版嗎？我們的行為只不過是用加快、縮小的方式反映出現今的情況而已。」

「我可不這麼覺得，我們皮膚又不是透明的，而且肉體也能受控制。」

「或許是有人憐憫我們，不讓我們完全意識及看見以前所破壞的，以及未來的所作所為。倘若我們真的意識到了……從旁觀察自己的生活……看到我們用各種偽善的教條掩飾、合理化昨日與今日的行為，我們一定會受不了而發瘋的。

「我們都試著讓自己看起來堂堂正正，犯錯時卻用所謂的『天生的弱點無法克服』來當作藉口。我們沒辦法抗拒誘惑，幹盡吸菸、喝酒、殺人、為捍衛理想而發起戰爭及引爆炸彈之能事。

「我們認為自己很弱小，上頭還有更優越的力量——它是萬能的，可以決定一切。而我們都躲在教條之後，隨心所欲地做盡壞事。

「壞事……我們每個人都在做，只是用不同方法替自己辯解而已。但我現在完全明白了，只要我的意識還能控制肉體的一天，我——就我個人——必須對肉體的每個行為負責。

阿納絲塔夏說得對：『只要人還在肉體裡……』。」

「不准引用她的話，我看得清清楚楚，你們差點把她害死了。真可惜她沒有讓你們看到更多，好讓你們一個個發瘋。」

我對這一夥人越來越惱火，但眼前只有亞歷山大一人，所以只能向他發洩。

「你看看你自己。」亞歷山大回答，「不正也是因為你，才讓我們找到阿納絲塔夏的嗎？

難道只有我們去找嗎？你真以為之後不會有人像我們一樣嘗試嗎？為什麼你在書中不改掉郵輪的名稱，甚至連船長姓氏都不改？我看你明明是個紀實作家！你大可改掉河流的名稱，但你沒有想到要這樣做，沒有及時想到，反而要求別人幫你想到。我已經自食惡果，現在要花一生的時間去弄懂這個惡夢……。」

「你們的惡夢是怎麼結束的？怎麼擺脫的？」

「我們永遠不可能擺脫的，這會跟著我們一輩子——至少我們每個人都這樣覺得。

「就在我們肉身漸漸分解、但還能活動時，阿納絲塔夏出現在我們之間。她的皮膚沒有透明，和剛剛一樣穿著舊短衫長裙。她開始向我們的肉體說話，但都沒有肉體搭理她——身體好像被設定了程式，不斷地死亡、重生，以不同的角色重蹈覆轍。

「她接著走到我們肉體所蓋的一棟建築，迅速地撿起周遭的垃圾。她用手很快地將散落四處的石頭和枯枝整理成一堆，用樹枝稍稍把土弄鬆，摸一摸遭到踐踏的草地，接著把綠色小草一一拉直——不是全部，而是還能拉直的小草。她小心翼翼地將一棵斷裂、約一公尺高的小樹幹扶正；把土弄濕在手裡搓揉，塗抹樹幹受傷的地方，用手掌按住一段時間，接著小心放開之後，小樹幹又變得直挺挺的。

「她熟練地做下去。在被我們肉體踐踏、幾乎光禿禿的土地上，她打造出越來越大的綠洲。這時，飽里斯的肉體跑了過去，跳到草地上，又是躺下、又是跑跳。過了沒多久，其中一位保鑣的肉體也跑了回來，兩人合力將小樹拔起，把石頭和樹枝拖到綠地上，蓋起另一棟醜陋無比的建築。

「阿納絲塔夏詫異地舉起雙手輕輕一拍，試圖和他們說點什麼。可是看到他們一如往常地不理不睬，她於是沉默了下來，放開雙手，不知所措地站了一會兒，然後雙膝跪地，以手掩面，肩上的頭髮顫動著。她在哭，哭得像小孩似的。

「幾乎在同一瞬間，不太明顯的藍光又出現了，把我們地獄的棕色煙霧趕入地表，將我們的身體與看不見的『我們』結合，只是我們仍然無法動彈，但這次不是因為害怕，而是藍光帶來的安逸感。火球又出現在我們頭上，不停地盤旋。

「阿納絲塔夏將雙手伸過去，球體轉眼移到她面前一公尺的位置。她和球體說起話來，而這次我聽到他們在說什麼了。她向球體說：『謝謝你，你真好。謝謝你的仁慈與愛。大家會明白的，一定會打從心底明白的！請你永遠把藍光留在地球上——你的愛之光。』

「阿納絲塔夏微微笑，一滴眼淚滑過臉頰。這時藍色的球體外殼，朝她的臉射出幾道如火焰般的閃電，靈巧且謹慎地拂去那顆在陽光下閃耀的淚珠，如對待寶石般珍惜。閃電接著突然顫動，將珍貴的淚珠捧在末端，收到球體裡。球體抖動了一下，在阿納絲塔夏四周繞了幾圈後停在她的腳邊，接著升上高空，與青天融為一體，讓大地回到原狀。我們站在一開始的位置。陽光普照、河水潺潺，森林也還在遠處，阿納絲塔夏一樣站在我們面前。我們靜靜地觀察四周。能看到一切真是太開心了，相信其他人也是如此。只是我們不發一語，或許是因為剛剛經歷的事情，又或是突然看到周遭的美景吧……。」

亞歷山大停了下來，似乎完全沉浸其中。我試著和他說話：

「聽著，亞歷山大，會不會你剛描述的一切其實都沒發生過，可能只是阿納絲塔夏擁有強大的催眠能力？我讀過很多隱士都會催眠，所以可能是她催眠了你們，再讓你們看到幻影。」

「你說催眠嗎？你有看到我的這幾撮灰髮嗎？」

「看到了。」

「灰髮是在那次之後出現的。」

「嗯……應該是催眠時受到驚嚇才出現的。」

「如果你覺得是催眠，就得解釋另一個神秘的現象。」

「什麼現象？」

「溪中原本有石頭和樹幹，可是竟然消失了，讓溪水暢行無阻。那在出現幻影前都還在，我們所有人都看到了。」

「啊，這個嘛……。」

「不僅如此，對我們造成的影響才是更重要的。我不能像以前那樣了。我不知道該如何繼續生活，不知道該學什麼、在哪學習。在我回到家後，我把各國智者、導師的各種書籍都燒了——我以前的藏書很多。」

「你這樣做就可惜了。如果你不需要，大可把書賣掉呀。」

「我不能賣，我甚至想都沒想過。現在我和這些智者、導師，還有一筆帳要算。」

「亞歷山大，那你認為和阿納絲塔夏來往會危險嗎？說不定她的確是個不正常的人，就有一些人在信中說，她是其他文明的代表。如果真是這樣，那麼和她來往就很危險，因為很難捉摸這位來自其他文明的人在想什麼。」

「我認為完全相反。她感受得到地球，珍愛地球上生長的一切，反而是我們看起來像迷途的外來者。」

「那她到底是誰？有沒有學者可以提出一勞永逸的結論？為什麼她擁有如此龐大的資訊？怎麼有辦法全部儲存在腦中？她怎麼會有特異功能？光線又是從哪來的？」

「我認為必須相信她的話，也就是『我是人，一個女人』。至於資訊，我猜她不是存在腦中，而是因為她思想的純潔，讓她可以使用全宇宙的資料庫。她擁有能力，也是因為她能完全取得這些資訊。

「宇宙珍愛她，卻防著我們，所以才沒有對我們完全敞開。我們的大腦被許多刻板印象和世俗禮教給矇蔽了，受困於文化孕育出的現代人思想。而她的思想是完全不受約束的，因此難以單用『她是人』這句話來理解她、揭開她的神秘……。她當然會製造我們認為不可思議的奇蹟，我自己就親眼證實過。在我們拜訪她的時候，其實還發生了一件事情——這真的只能用奇蹟來形容，甚至比我們這群人所遇到的還更神祕、更不得了！」

亞歷山大在說出最後三個字時有點激動。他站起身來，遠離營火並走向暗處。在星光閃爍的夜空下、營火將近熄滅之際，我看到這位年輕的西伯利亞人來回走動，只聽到幾句焦躁、簡短的呢喃。他在說科學、心理學家、某某學說等一些令人聽不懂的話。我不想坐著聽他說著斷斷續續而難以理解的話，想快點知道他所謂的「不得了」是什麼，阿納絲塔夏到底在他們面前做了什麼？

我試著讓他冷靜下來：「亞歷山大，你先坐下冷靜一下。一五一十地告訴我，你們眼前發生了什麼不得了的事？」

亞歷山大坐回營火旁，丟了一些乾柴進去。看得出來他還沒完全冷靜。他大概是太緊張了，竟然用樹枝大力攪動悶燒的柴火，火花像煙火般飛濺到他和我的身上，讓我們急忙跳開。一切終於安定後，我開始聽他激動地講起故事：

「阿納絲塔夏在大約二十分鐘內，活生生在我們面前改變了一位村莊小女孩的身體狀況。就在眾目睽睽之下改變了！她在這段時間內，不只改變了小女孩的命運，也改變了她媽媽的命運，甚至影響了這座偏遠村莊的外觀——全部在這二十分鐘內發生。重點是她辦到的方法！簡單到令人咋舌！她……

「這之後怎還會有人相信占星學呢？我親眼看到了……所以我才燒掉智者無稽之談和各種靈性懺悔的書啊。」

「看吧，你自己也說她有超能力、會創造神祕奇蹟，甚至連占星學都給顛倒了。她自己創造了這些奇蹟，還要別人把她視為正常人。她自己才應該試著當個正常人，可是她偏偏沒有。我也和她講過了：『妳只要和大家一樣，一切就會正常了』。但她似乎無法和大家一樣，真是可惜……。她是個這麼漂亮又善良的女人，既聰明又會治療，還替我生了兒子……。可是要像和其他女人般與她生活，根本是不可能的事。我無法想像在聽完剛剛這些後，還會有誰想跟她共枕眠。沒有人可以！大家想要的是純樸一點的女人，不要是像她這樣高深莫測，但這都要怪她那麼神祕。」

「等等，弗拉狄米爾。我現在就要告訴你，你只要認真聽我說便可。雖然難以置信，但你要試著瞭解。所有人都要瞭解！所有人！或許我們可以一起弄明白，或許可以……。

「你知道嗎，阿納絲塔夏在小女孩身上創造了不可思議的奇蹟，但她完全沒有故弄玄虛，沒有任何巫術、薩滿的招數。你想像一下，她——阿納絲塔夏——在創造奇蹟時，只用了簡單且我們熟知的人類言語。再簡單、平凡不過的言語，但在對的地點和時間說出來。

「如果心理學家能夠分析她和這位村莊小女孩的對話，便可明白其中的心理效應有多大。任何說出這些詞語的人都能達到類似的效果，只是如果要在對的時間想到，就要有像阿納絲塔夏所說的思想真誠和純潔度。」

「所以不是只要記住就好嗎？」

「我們都知道這些詞語，但問題是在於這些詞的背後包含了些什麼。」

「你把我搞糊塗了。不如告訴我你們還看到了什麼吧。是什麼話可以改變一個人的身體狀況和命運？」

「好，當然，我現在就跟你說。你聽著。」

9 當言語改變命運

「在經歷這一切後，我們終於回過神來。沒有人開口說話，在原地站了好一會兒，才開始環顧四周。我們以全新的角度看待周遭的世界，彷彿初次見面一樣。就在此時，我們看到村落矮房的那頭走來一群人。在這座偏遠的森林村落裡，總共才六間房子，人數不過十二人而已。當地居民幾乎都是老人，還有幾個已經虛弱不堪。一位老婦人佝僂攜杖，走路一跛一跛地，卻還是堅持走來。不用枴杖走路的人則是拿著各種器具，像是扁擔、船槳等等，顯然他們是來保護阿納絲塔夏的。弱不禁風的一群老人，要對抗身強體壯又全副武裝的年輕男子，卻是一點都不畏懼，帶著無比堅強的意志，無論前方是誰，都要守護阿納絲塔夏。

「他們的決心令人震懾。一位腳穿膠鞋、手拿船槳的老人稍微走在前頭，在我們面前停了下來，後面的人也跟著止步。他們把我們當成空氣般無視。老人動作緩慢地捋捋鬍子，看著阿納絲塔夏，語帶尊敬地說：

『親愛的阿納絲塔夏，我們祝您身體健康。』

『謝謝，你們真好。』阿納絲塔夏將手放在胸前，向老人鞠躬示意。

『今年河水會提早乾涸。』老人繼續說，『這個夏天，雨下得不夠。』

『雨下得不夠，』阿納絲塔夏向對方確認，『不過還會再下的，河水會變多，恢復以前的樣子。』

「在他們說話的時候，一名年約六歲的小女孩走了出來，她骨瘦如柴、面色蠟黃，身穿修改自年長孩子穿過的破舊外套，細瘦的腿上穿著縫補多次的褲襪，靴子也破舊不堪了。

「我後來才知道那位女孩叫安娜，她先天患有心臟病，自小體弱多病。母親在她六個月大的時候，把她從城市帶到這兒，留給一群老人照顧，之後就再也沒回來了。有人說她在某個建設公司當油漆工。小安娜走向阿納絲塔夏，拉著她的裙襬說：

『彎下來，阿納絲塔夏阿姨，妳可以彎下來嗎？』

「阿納絲塔夏看著小女孩，在她面前蹲了下來。小女孩迅速地脫下破舊的白色頭巾，在邊緣沾了沾口水，細心地替阿納絲塔夏擦去臉上和太陽穴的血漬，一邊還說：

『妳都不來了，阿納絲塔夏阿姨，都不來岸邊的木頭上坐了。爺爺說妳以前常來，坐在木頭上看著河。現在都不來了。爺爺還指給我看妳會坐的木頭。爺爺指給我看之後，我也會自己一個人到木頭那裡，一個人坐著等妳。阿納絲塔夏阿姨，我好想看看妳，想跟妳講一個秘密，可是妳都不來坐在木頭上看河了。我以為是因為木頭太舊了，所以一直求爺爺搬塊新的木頭過去。妳看，就在舊的旁邊喔！』

「小女孩抓著阿納絲塔夏的手，把她帶到木頭旁。

『走嘛，走嘛，阿納絲塔夏阿姨，一起坐在新的木頭上。爺爺用斧頭在上面挖了兩個座位喔。是我求他的，這樣妳來的時候，我們就可以坐在一起了。』

「阿納絲塔夏立刻答應小女孩的要求，兩人一起坐在木頭上。她們好一會兒都不講話，沒為任何人分神，彷彿當時周圍沒人似的。我們也站著不講話，一動也不動。接著小女孩開口：

『奶奶跟我說了好多關於妳的事情，阿納絲塔夏阿姨。奶奶去世後，我開始求爺爺講給我聽。他跟我說的時候，我就想了一個秘密要告訴妳。爺爺說，我還很小的時候，心臟就壞掉了，會亂亂跳。有一次跳得太亂了，大家就開著船帶我去看醫生阿姨。醫生阿姨說：「這顆心臟情況很糟、無藥可救了，不會聽任何人的話，很快就會停的。」阿納絲塔夏阿姨，爺爺說，妳當時坐在老木頭上看著河水，接著起身走到我們的房子，把我抱在懷裡，放在門邊的草地上。自己也躺在旁邊，把手放在我的胸前。妳手放的地方正好可以聽到我的心跳。就在這裡！』小女孩這時把手放在乾癟的左胸前，『阿納絲塔夏阿姨，爺爺說妳也躺了下來，看起來好像沒有呼吸，因為妳的心臟漸漸和我的一樣很安靜地跳。然後妳的心臟加快速度，還叫我的心臟要跟上。我的心臟聽了妳的話，一起正常地噗通噗通跳。爺爺是這樣跟我講的，他說的都對嗎？對嗎？阿納絲塔夏阿姨。』

『是的，安娜。妳爺爺講對了，妳的心臟從今以後都會很正常。』

『所以說，妳的心臟叫我的要聽話，它就聽話了，是不是？』

『是的，安娜。妳的心臟聽話了。』

『阿納絲塔夏阿姨，我有個秘密要跟妳講。非常、非常重要的秘密！』

『和我說妳重要的祕密吧，安娜。』

「安娜從木頭站起身來，面對阿納絲塔夏站著，把纖細的雙手放在胸前。接著她突然……小安娜突然跪在阿納絲塔夏面前，強忍著激動地說：

『阿納絲塔夏阿姨，親愛的阿納絲塔夏阿姨，請妳求求妳的心臟！求求它！求它呼叫媽咪的心臟，讓媽咪來看看我，就算只有一天也好。來看我！這就是我的秘密。讓妳的心臟……媽咪的……心臟……心……。』

「小安娜因太激動而嗆到不能說話，眼巴巴地看著阿納絲塔夏。

「阿納絲塔夏瞇上眼看著遠方，視線越過跪著的小女孩。一會兒後，她看著小女孩，冷靜地道出一個對小孩而言很殘忍的事實，似乎把她當作大人一樣回答：

『安娜，我的心臟不能呼叫妳的媽咪。妳的媽咪遠在城裡，想找到幸福卻徒勞無功。她沒有自己的家，沒有錢可以幫妳買禮物。她不想沒帶禮物就來看妳。她在城裡過得很辛苦，但如果她真的來看妳，會更難過的。相見對她而言，會是個痛苦的折磨。要是又看到妳病懨懨、衣不蔽體的樣子，她更會傷心欲絕。看到你們村子裡的房子年久失修，妳住的地方又髒又舊，妳的媽咪會心如刀割。她不相信自己可以為妳做點什麼，失去任何信心了。她覺得自己已經盡力，這就是她的命運了。她陷入了自己想像出來的絕望之中。』

「小安娜聽了這個殘忍的事實，瘦小的身體不停地顫抖。我覺得這樣對小朋友實在太過分了，應該騙騙她比較好，對著這位不幸的小女孩摸著頭說，她母親很快就會來的，見面一定會很開心。

「但阿納絲塔夏沒有這麼做。她對著毫無防備又無助的孩子講出殘忍的事實，然後眼睜睜看著小小的身體發抖，才又開口說：

『安娜，我知道妳很愛媽媽。』

『很愛……愛媽咪……愛就算過得不快樂的媽咪。』她幾乎再也忍不住，啜泣了起來。

『妳要讓媽咪過得快樂，妳是唯一……世界上唯一可以讓她快樂的人。很簡單，只要妳變得健康強壯，還要學會唱歌。妳會變成歌手，妳美妙清澈的聲音會與妳的靈魂一起歌唱。或許妳們在二十年後會相見，她看到妳一定會很開心。不過媽媽也可能明年夏天就會來。妳一定要在那之前、在她來之前，變得健康強壯。妳要替媽咪準備禮物，讓她看看妳多麼地健康、漂亮。妳會讓媽咪很開心的，見面會非常愉快。』

『但我沒辦法變健康強壯了。』

『為什麼？』

『穿著白袍的醫生阿姨和奶奶說的話，我都聽到了。她說：「這孩子是『奶瓶寶寶』，會一直生病。」我是「奶瓶寶寶」，媽咪沒有給我喝母奶，媽咪的胸部沒有奶。小朋友還小的時候，媽咪都會餵母奶。有一次，我看到一個阿姨帶著小嬰兒走進村裡，我跑到她的房子裡，我真的很想看小嬰兒怎麼喝母奶的。我靜靜地坐在旁邊，可是一直被趕走。餵母奶的阿姨還說：「為什麼她要一直盯著看？」我眼睛連眨都不敢眨，因為深怕錯過什麼。』

『安娜，妳覺得醫生阿姨說妳不會變健康強壯的時候，會不會是搞錯了呢？』

『她怎麼會搞錯？她穿的是白袍，大家都聽她的話，爺爺奶奶都是。她什麼都知道，她也知道我是「奶瓶寶寶」。』

『那為什麼妳要看別人餵母奶呢？』

『我想看到嬰兒吃奶滿足的樣子。要是看到他們滿足，我也會好起來。』

『妳會好起來的，安娜。妳會變得健康又強壯。』阿納絲塔夏語帶肯定地輕聲回答。說完之後，她開始慢慢解開短衫鈕扣，露出自己的乳房。

「小安娜被這突如其來的舉動嚇得說不出話來，癡迷地看著阿納絲塔夏露出的乳房。乳頭的前緣冒出小小幾滴母奶。

『奶……母奶！阿納絲塔夏阿姨，妳也在餵母奶嗎？妳是媽媽？』

『是要餵我的兒子。』

「幾滴母奶越來越大，其中一滴還在風中抖動後被吹落。小安娜纖瘦的身體像彈簧般，迅雷不及掩耳地撲向母奶。想像一下，這麼體弱多病的她，竟然精準地接到了。她跌在地上，伸出雙手接住了那一小滴母奶。就在她跌倒時接到的！小安娜跪起身子，將緊握的雙手舉到面前打開，看著手掌上濕潤的一點，接著把手伸到阿納絲塔夏面前。

『妳看，我接到了。就在這裡！妳要給兒子喝的母奶沒有掉到地上。』

『妳救了它，安娜。它現在是妳的了。』

『我的！？』

『對，只屬於妳。』

「小安娜把雙手靠近嘴唇，碰了碰掌心濕濕的地方。這個瘦弱的小女孩閉起雙眼，手掌貼著嘴唇好一會兒。接著她把手放下，看著阿納絲塔夏，語氣充滿感激地輕聲說：

『謝謝妳！』

『來我這邊，安娜。』

「小女孩走近時，阿納絲塔夏抓著她的肩膀，摸摸她的頭，隨後將她抱到大腿上坐著。阿納絲塔夏將她抱在胸前，像要哺育小寶寶一樣，還輕聲地唱起歌來。小安娜的嘴唇現在很靠近阿納絲塔夏的乳頭。彷彿在半夢半醒間，她的雙唇慢慢靠近阿納絲塔夏的胸部，用雙唇碰觸著濕潤的乳頭，微微地哆嗦了一下，才開始貪心地吸吮起充滿母奶的乳房。

「根據我事後聽的錄音，她在九分鐘過後醒來。她抬起頭，跳下阿納絲塔夏的大腿。

『噢……我做了什麼事？我把妳要給兒子的母奶喝光了。』

『別擔心，安娜。他還夠喝。妳只是喝完一邊的母奶，另外一邊還有，不會不夠的。如果兒子想要的話，還可以吃花粉。妳現在有了一切，不會害怕了，妳會變得健康、漂亮又開心。現在妳每天都要過得開開心心。』

『我會變得健康又強壯。我要想想怎麼見媽咪，才不會讓她難受，而是會非常開心。只是我不會唱歌。以前我會和奶奶一起唱，奶奶死後，我一直求爺爺，可是他都不唱。只有在喝伏特加時，才會唱給我聽。我會附和著他的歌聲，可是他聲音沙啞，所以很難跟著唱。我還嘗試跟著收音機唱，可是收音機太舊了，歌詞斷斷續續的，聽不清楚。』

『安娜，妳可以試著唱沒有詞的旋律。當妳聽到鳥叫聲時跟著唱，還有河水的浪花聲、樹葉的簌簌聲、強風吹動樹枝的聲音，草地也有很多聲音。只要妳認真聽，妳會聽到周遭有很多純淨的聲音。試著用自己的聲音去模仿，它們會是妳最好的老師。安娜，我要走了，再見。是時候該走了。』

「阿納絲塔夏從木頭起身，小安娜仍坐在原地，聽著周遭世界的聲音。阿納絲塔夏走向之前朝她開槍的年輕保鑣。保鑣的面色仍然蒼白，雙手不停地顫抖。手槍掉在身旁。阿納絲塔夏和他說：

『您別自責，別讓內心不好過。它和您的行為無關，您只是出於本能。您的訓練要您接受指令，遇到狀況時不假思索地保護上級交代的人，所以是您的本能在行事。一旦讓本能佔了上風，這是不好的。本能成為主宰者，人成為次等者，那就不是人了。您好好想一想，或許做回自己——回到人——會更好。』

「保鑣聽著阿納絲塔夏平靜的語氣，雙手不再發抖，面色不再蒼白。當她說完後，保鑣的雙頰就完全恢復了血色。

「阿納絲塔夏隨後向村子的老人道別，往泰加林的方向走去。我們靜靜地看著遠去的阿納絲塔夏好一段時間，接著突然聽到小孩無比純淨的聲音。

「坐在木頭上的小安娜唱起某首老歌，應該是從奶奶那聽來的！唱得真好！她以純淨的聲音唱出驚人的高音，充滿了整個空間，讓大家聽得如癡如醉。

下雨聲滴滴答答，
哥哥搖著妹妹，
哥哥搖著妹妹，
一邊唱歌啦啦啦。

「小安娜唱完後，開始瞪著仍然沒有移動的我們。接著她起身，撿起地上的小樹枝說：

『你們是壞叔叔！長了這麼大，可是心地都很壞。』

「說完後，她手拿樹枝走向我們，後頭靜靜地跟著老先生和老太太。我們所有人──一個都不例外──開始往後退，退到岸邊的動力艇，爭先恐後地爬上舷梯。就在我們要收起舷梯時，船長突然看到兩名直升機駕駛也在船上。

『你們要去哪裡？想把直升機丟在這？』船長從駕駛艙破口大罵。

「兩名駕駛趕緊跳下船，跑向直升機。

「我們離開時把燃油和帳篷留在岸上，壓根兒沒想到要拿。」

10 自己創造幸福

故事說到這兒，我忍不住對他表示不悅：

「我看透你們這群人了，還把帳棚和燃油留在原地。你只有長灰頭髮，真是太便宜你了。阿納絲塔夏是如此神聖。任何一般人在你們開口時，就會知道你們是什麼來頭、背後有何目的，阿納絲塔夏卻還對你們一片真心。」

「她完全知道我們為何而來、想從她身上得到什麼，她都知道！但她不對我們黑暗的一面說話。她不去理會人性的黑暗面，而是與人人心中都有的光明面溝通，而這改變了我們所有人。我畢竟是個學者，擅長心理學。」

「又在自以為是了。如果都是事後諸葛，你的專長又有何用武之地？」

「這是因為生命自有安排，其快速與精準常是我們無法跟上的，而且阿納絲塔夏是……不，我暫不想給她任何定義，就像我無法解釋另一個現象一樣……。」

「什麼現象？」

「該怎麼說呢？嗯……你知道嗎，那座偏遠泰加林村落的老先生、老太太，直到現在都還會來找我們，而手拿樹枝的瘦弱小女孩走在前頭……。」

「他們去哪？在哪裡？」

「他們來找我們，就是當時他們眼前的所有人。我原本以為只有我會這樣。我一閉上眼，他們馬上就浮現在我眼前。有時候，只要我一做了什麼他們認為不妥的事情，他們也會出現。我原本以為只有我會遇到，但我和其他人聊過後……發現當時在場的人都有這情形。」

「那是你們想像出來的。」

「有什麼差別嗎？即使在想像中面對他們時，我們依舊被迫選擇後退。」

「手無寸鐵的老弱婦孺到底有什麼可怕的？你們在怕什麼？」

「我現在也不明白我們究竟在怕什麼。或許是我們自己的……或許是我們踰越了許可的界線吧？」

「又有什麼界線？這樣的想法會讓人發瘋的。或許你只是應該在做事情之前，要先好好想一想。」

「是該好好想一想……我們所有人都要好好思考一番……。」

「你又是從何得知，小女孩在與阿納絲塔夏聊完後，她和母親的命運就此改變？甚至其他村民的命運也改變了？」

「我跟你說了，我是研究心理學的。我以學者的身分跟你說：阿納絲塔夏徹底改變了小安娜的生命藍圖。

「體弱多病的小女孩自從被丟給老人照顧後，整天只會無助地坐在髒亂的房子一角，枯等母親到來。大家都向她保證：『妳媽咪一定會回來陪妳玩，還會帶禮物給妳。』大家都認為善意的謊言是好的。可是她的母親當時在城裡因絕望而終日借酒澆愁。這種虛假的承諾，讓小女孩陷入了沒有結果的期待。

「我們在生命中也時常等待上天的解救，期待有人會帶給我們幸福、改變我們的命運。不正是因為這樣，我們才如此被動，甚至毫無作為嗎？我們從來不去想想自己已經擁有夠多了，或認為自己有必要送禮給前來找我們的人。

「阿納絲塔夏用她的單純與真誠改變了別人的命運和未來。你想想看，最簡單的人類言語，就有可能改變他人的命運。

「我反覆聽了阿納絲塔夏和小安娜之間的對話錄音，心想，如果是別人和小女孩這樣說，也能達到同樣的效果。要像她那樣並不困難，重點是不要說謊，發自內心地想要幫助別人。是幫助，而不是同情；需擺脫宿命論，或者，更確切地說，要超越這些理論。當然你可以說，小女孩的疾病是宿命、是絕望、是上天註定的，但是阿納絲塔夏超越了宿命，而她所做的只是不去注意宿命的存在罷了。換做是別人，一樣能夠做得到的，因為一切靠的只是言語——是我們所使用再平凡不過的言語，只是說出這些話的人，必須在對的地點和時間，合乎一定的順序說出來。或許正是阿納絲塔夏口中說的思想純潔，讓那些話語自動有了一定的順序，進而發揮效果。」

「這都是你的推論、假設，還得看看在現實生活中、在未來，是否真的因為幾句話就改變了命運。那位小女孩的生命能有什麼變化？除非是奇蹟發生。」

「奇蹟真的發生了。其實所有奇蹟都在於我們自己。」

「發生了什麼奇蹟？」

「小安娜的生命有了轉變，她完全打破了自己和旁人的宿命。」

「什麼意思，打破？你怎麼知道的？」

「我知道，因為過了一段日子之後，我又回到村莊。我決定把收音機送給小安娜，因為她的收音機會發出雜音，我也準備要幫她在屋頂上安裝天線。在去她家的路上，我經過一些修好的木棧走道，以前腐朽不堪，不過現在都換上新的木板了。我心想：『哇！怎麼修好了？』小安娜的爺爺坐在門廊上，把靴子放進水桶裡洗。我和他打了聲招呼，告知我前來的目的。

『好的。』爺爺說，『想進來就請便吧，只不過要脫鞋。我們這裡有了新規矩。』

「我在門廊脫了鞋，和爺爺一同走進屋內。裡面就如一般鄉下房子一樣簡單，但乾淨舒適極了。

『是我孫女替我們整理的。』爺爺解釋，『她弄了很久，不停刷地，把所有地方弄得乾乾淨淨。她像上了發條的娃娃，一個多禮拜從早弄到晚，休息一下又繼續上工。她還說服我把牆壁刷上白漆。現在我穿著靴子走進來，只要一留下腳印，她馬上又會拿出抹布擦掉，所以最好不要留下腳印。我們現在不用拖鞋，她改良了幾雙舊膠鞋。穿上吧！請坐。』

「我在桌前坐了下來，上面的桌巾雖然舊了點，但是很乾淨。有個地方曾有破洞，不過已經補上小兔形狀的碎花布，應該是出自小朋友的巧手。桌子中央擺了一杯有稜面的玻璃杯，裡面放的不是餐巾紙，而是精心折成花瓣的筆記紙。

『我看到村子開始美化了，看來政府總算注意到這裡，修了木棧走道。』我向爺爺說。

「但他回答我說：『這和政府無關，他們才不管我們咧。是小孫女安娜的功勞，她實在是坐不住。』

『什麼？小安娜？修理走道？她還太小了吧？木板很重的。』

『是啊，木板很重……。有一次我要去打獵，想請鄰居幫忙照顧安娜，但她和我說：「爺爺，你去忙吧。不用擔心，我會照顧好自己。只要讓我鋸鋸棚子裡的木板就好了。」我雖然驚訝，但就讓孩子做她喜歡做的事吧。我替她把木板放在木架上、給她一把鋸子，就出門打獵了。後來鄰居告訴我，安娜把走道的朽木拔了起來，用繩子量出尺寸後，開始鋸我給她的木板。鄰居說她鋸了半天後終於成功了，接著把木板拖到走道上，裝到原本腐爛的地方。』

『她這麼瘦小、虛弱，怎麼可能拖這麼重的木板？』

『她其實有個幫手。她在兩個月前，認識了一隻孤單的西伯利亞萊卡犬。養牠的老太太住在村子的另一頭，老太太死後留下這隻強壯的狗。安娜在葬禮時一直摸著牠，之後還會帶吃的給牠。牠一開始不願離開院子，即使屋裡已經人去樓空——老太太之前一個人住在那。安娜一連餵了狗兒好幾天，狗兒漸漸跟著她不走，現在已經形影不離了。那隻年邁的萊卡犬就幫著孫女完成各式各樣的奇想，包括幫她拖木板。安娜把繩子纏在木板一端，自己拉著，強壯的狗兒咬著另一端，一起拖到走道。接著，安娜向鄰居借釘子，拿了我的榔頭，自己試著釘木板，但是沒有成功。鄰居看到安娜坐在走道上敲敲打打，還敲到手流血。狗兒坐在旁邊，一邊看著，一邊嚎叫。

『鄰居走過去，拿起榔頭把木板釘好。隔天傍晚，鄰居又看到安娜和狗兒拖著木板，想要修補走道上的另一個破洞。

『鄰居問她：「安娜，難道妳要把全部的洞都補上新木板嗎？妳就不能做點女孩子家該做的事嗎？」小孫女回答對方：「阿姨，一定要修好所有房子外面的走道，不能有破洞。如果有外地人突然來訪，走在走道上卻發現有破洞，一定會壞了他們的興致。而且，我媽咪來的時候，如果看到走道這麼破舊，可能會不開心的。」

『鄰居再次替她釘木板，還挨家挨戶地對所有人大喊道：「自己家的走道自己修！因為你們偷懶，才讓小孩這麼辛苦，我實在看不下去。她的手都敲到流血了。」

『所以你看，大家因為不想再聽到老太太嘮叨，全都修了自己家的走道。』

『話說回來，您的孫女現在在哪？』我問老人家。

『她拖著油漆到村子最遠的房子去了，看來她今晚會和羅辛兩老一起過夜。嗯……今晚不回來了。』

『什麼油漆？要做什麼？』

『就一般的亮橘色油漆。她在船上用魚換了油漆回來，那是她最新的奇想。』

『什麼奇想？』

『她決定所有房子都要有煥然一新的感覺，要有歡樂的氣氛。有船前來時——就是那種到處收購漁獲的船——她就會拖著魚過去，和他們換油漆。她隨後會把油漆拖到某間房子，請房裡的老人家刷一刷窗框。很快就輪到我了……好吧，我會刷的。如果刷完後會看起來更歡樂、更好，何樂而不為呢？』

『她的魚從何而來？』

『自己抓的。她每天早上都會拖著兩三隻大白魚回來，有時候更多。有時我以為她會抓不到，結果不是，她的魚鉤上總是吊著魚。我每天早上因為背痛還躺著時，她就會跑來跟我說：「爺爺起來！幫我醃魚，這樣才不會壞掉。」每天早上都是這樣。』爺爺埋怨了一下，但絲毫沒有不耐煩。

『她怎麼會用釣具？自己一個人搞定的？』

『我都說啦，安娜有個幫手——年邁的西伯利亞萊卡犬。牠雖然年紀不小，但很聰明，會聽安娜的話，什麼事情都會幫忙。安娜每天傍晚都會拿我的五鉤釣魚線，把魚餌一一鉤上去，再和狗一起到河邊他們最喜歡的一處。釣魚線的一端綁在岸邊的柱子，另一端綑住木棍，再由狗咬著往前游。牠一邊游，安娜一邊不停地喊：「親愛的，往前游，親愛的，往前游。」只要安娜一直喊，狗就會咬著魚餌往前。狗到了定位，安娜則開始換喊：「親愛的，回來吧，親愛的，回來吧。」狗便鬆口，放開木棍往回游。

『好吧，先說到這裡吧。我想睡了。』

「老人家爬上火炕，我則睡在木頭沙發上。醒來時，已經天亮了。我走到院子，看到安娜在下頭的河邊，想把綁著釣魚線的鐵環拉上岸。大西伯利亞萊卡犬咬著鐵環，也跟著往後拉，合力拉著收穫滿滿的釣魚線。

「安娜腳上穿的膠鞋整整大了三倍，腳上沒穿襪子。

「漁獲拉近岸邊時，她向前去拉魚網。萊卡犬同時咬住鐵環，用爪子撐著。安娜繼續往水裡前進，走到超過靴子的高度，靴子開始進水。

「順利拉上岸後，她把釣鉤上的三條肥魚拿下來、放進袋子，接著和萊卡犬合力拉著繩子，用木板載著袋子拖回來。

「靴子裡的水咕唧咕唧地響，實在讓安娜難以走路。她停下腳步，脫掉靴子，光腳站在冰冷的土地上，倒掉靴子裡的水，穿上後繼續往前走。

「當他們把早晨的漁獲拖到門廊時，我很驚訝，看到安娜的臉頰泛著紅暈，發亮的眼神充滿堅定，還露出一抹幸福的微笑，儼然不是先前臉色蠟黃、體弱多病的小女孩了。安娜叫醒爺爺，他氣喘吁吁地下床並穿起外套，拿著刀子和鹽巴切魚。安娜此時替我倒茶，我便問她為什麼每天都要那麼早把魚拖回來。

『船上的叔叔會來向我們收魚，他們會給我錢。我請他們帶刷房子的油漆來。他們帶來和我換魚，還帶了漂亮的洋裝布料，我就把那一週抓的魚通通給了他們。』安娜在回答的同時，拿出一大匹漂亮的絲綢。

『安娜，這可不止做一件洋裝了，妳需要這麼多做什麼？』我問她。

『這不是給我的，而是媽咪來的時候，我準備給她的禮物。我還要送她一件漂亮的披肩和長長的項鍊。』

「安娜打開老舊的行李箱，拿出一件進口的女性褲襪、珍珠項鍊和一件五顏六色的華麗披肩。

『我不想讓媽咪因為不能買禮物給我而不開心，我現在可以買所有東西給她，她就不會覺得自己的人生不順遂了。』

「我看著她興奮地展示著要給母親的禮物，一臉幸福的樣子，我發現安娜已經從一個可憐無助、期待別人伸手援助的小女孩，變成了一個積極、有自信的人。她很高興自己能做到這一切，又或許她的幸福有其他原因？現在我明白，每個人內心中的某個意識層面都有著幸福，問題只在於如何達到這個層面！阿納絲塔夏幫助了安娜，但她能夠幫助我們其他人嗎？又或許我們自己應該學會思考吧……。」

亞歷山大沉默下來，我們倆開始各想各的。

我將短皮襖裹住身子，頭枕在木頭上看著北方明亮的星空。星星低垂，彷彿就在我們上方不遠，與我們一同在營火旁取暖。我閉上眼試著入眠。

大約三小時後，我和亞歷山大於黎明時醒來，準備出發坐船。但在離開之前，亞歷山大突然對我說：

「我想……不，我很確定！你還是不要去好了，現在找不到她的。沒有人找得到，你也一樣。」

「為什麼？」

「阿納絲塔夏離開了，到了森林更深處了。她不得不走。如果你去的話，會沒命的。你無法適應泰加林的，況且你還得繼續寫作，完成你對她的承諾。」

「讀者問了好多問題，如果要繼續寫下去，就得聽她一一回答，比方像撫養小孩、宗教等問題。」

「現在沒有人找得到她。」

「為什麼你要一直說沒人找得到她！我知道她在哪裡，一定找得到。」

「我說了，找不到。阿納絲塔夏一定曉得有人想抓她。」

「抓她？有人收買當地的獵人？就像雇用你和伊格瑞奇這樣？」

「我和伊格瑞奇還會說服外人不要打擾她、驚動她。如果說服不成，我們會把他們載往相反的岸邊。當地獵人不可能被收買的，他們有自己的規矩和價值觀。他們早在你之前就認識阿納絲塔夏了，而且對她相當尊重，即使彼此間談到她時都很謹慎。他們不喜歡外人踏入泰加林，而且他們的槍法很準。」

「到底是誰想抓她？」

「我想是將我們帶到現在這種地步的人……而且他們還在繼續。」

「可以具體一點嗎？」

「每個人都該自己想想看。」

「那你到底是指誰？是像鮑里斯這種人嗎？」

「他只是顆棋子。有個看不見的東西在操控我們。鮑里斯開始瞭解了，他背後的人士大概也明白了。」

11 我們是誰

「一個月前，鮑里斯又來到這裡。」亞歷山大對我說，「這次沒有保鑣或助理陪同。他變得很沉默，而且總是若有所思，找我聊了一整天。其實不算是聊天，比較像是他在懺悔。當然不是對我，而是對自己懺悔。他給了我一份關於他和阿納絲塔夏接觸的報告，我幫你摘錄了一些，要不要我唸給你聽？」

「報告是呈給誰的？」

「不知道，鮑里斯自己也不知道。他跟贊助人是在一間有壁爐的豪華大廳見面的。贊助人自稱是某個國際學會的代表。最近學會一個個如雨後春筍般冒出，實在難以判斷哪個是在認真做事，所以大家就開始以贊助金額的多寡來比較。

「這位贊助人出手大方，整趟行程馬上付現，還答應給團隊豐厚的獎金。鮑里斯有關阿納絲塔夏的所有研究計畫，他也承諾會全部贊助。

「鮑里斯回來後和他見了面，呈上報告請他過目。他似乎早知道怎麼回事了，於是草草看過後就扔進壁爐。他對著鮑里斯說：

『你們的任務是與實驗體X接觸，也就是你們所稱的阿納絲塔夏。你們除了用科學方法、說服技巧，還訴諸暴力來執行任務。這是你們自作主張。我們會給你兩倍的酬勞，但同時也取消與你們的合作。』他指著椅子旁邊的手提箱說：『拿著酬勞離開，忘記勘察的事吧。』

「鮑里斯試著解釋暴力是個意外，說明自己對整件事也相當不悅。他知道團隊的不當行為會對日後和阿納絲塔夏的接觸造成多大的傷害，於是決定拒領酬勞。

「這時坐在壁爐旁的人起身，聽得出來他不容別人拒絕：

『拿了錢就快走人。你在乎的不是結果，而是能否拿到錢，所以拿錢後不用再為我做事了。』

「鮑里斯提起裝滿錢的手提箱，走出寬敞的房間。他把錢平均分給勘查小組成員，但不是所有人都有拿，因為這些錢彷彿會加重他們行為帶來的不快。

「為什麼你只摘錄了部分？」我問亞歷山大。

「從你的書判斷，你不太喜歡充滿艱深術語的著作，所以我只摘錄了主要內容，裡面沒有專業的術語。」

「報告裡怎麼形容阿納絲塔夏？」

亞歷山大從口袋裡拿出打了字的幾張紙，開始唸給我聽：

實驗體X不能以現今所熟知的一般科學方法研究。針對與實驗體X相關或因之而起的個別情境（或說瞬息萬變的心理狀態），學術圈的評斷標準難免會預設特定的框架，因而無法探討未知的現象特色或能力。

實驗體可說是各種科學領域的知識源頭，甚至還可能超越所有已知的科學論述。然而，實驗體本身並非訊息的載體，平常對訊息的取得和分析不感興趣，但在出現重要目的、產生欲望時，訊息便會經過篩選並以適當的數量出現，實驗體X便能立即應用。

本團隊只能提出一些假設，但已透過「實驗方法」證實實驗體X對於植物的論述，並且確認光線的存在。然而，「撓場」和「無線電波」等專有名詞並不適用於此，但因沒有其他合適術語而不得不使用。

我們認為最難置信的一點在於，如何在書本的文字背後暗藏各種組合和符號，實驗體X將之稱為「永恆的深邃、宇宙的無窮」。實驗體堅信這些符號能對人類帶來良好的影響。

我們曾提議進行一系列實驗，透過醫學儀器比較讀者在閱讀前後的身體變化參數。然而，這項提議現在已不具有太大意義。我們不得不承認，閱讀前後確實會有變化，但並非與物質、身體器官有關，而是與非物質的無形社會層面相關。

大家普遍認為，在地球的人類社會中，已經出現我們難以控制而無法停止的反應。讀者在接觸書籍後的心理變化，便是證實這些反應的關鍵事證。在調查、測試並分析讀者的信件後，證實大多數的讀者都產生了一股創作欲望，並以詩歌、圖畫與歌曲的形式來表達。許多讀者想開始接觸、種植植物，甚至轉行。有些讀者甚至在閱讀之後，健康狀況獲得明顯改善，病痛也跟著消失。

我們曾對三十位不同病痛的患者進行實驗，讓他們在心理治療和睡眠治療室內閱讀書中文字。我們觀察到其中二十七人有情緒集中的現象，並未進入睡眠狀態且血紅素升高。如果說讀者的反應是因書中鮮明、帶藝術感的文學意象而起，就表示此意象的心理影響遠遠超過目前的所有作品，包括經典作品和聖經。

這點可由以詩歌或其他創作形式表達的讀者比例證實。我們的調查顯示，每十九人就有一人以此表達自身對書的連結。除此之外，作者的敘事風格是簡單到近乎粗糙的地步，未依循任何文學著作的既定規範，文中還有一些文法錯誤。然而，在經過電腦程式計算後，文本的可讀性竟超過百分之八十！

我們在與實驗體X直接接觸時，注意到前所未見且幽浮學從未記錄過的現象。我們看見某種球狀能量團，形似大型的閃電球體。其潛在的能量遠超乎現代科學對自然能量的認知，且具有改變當地重力場的能力，可瞬間將一切未根植大地的物質化為宇宙塵土。

在這段接觸的期間，地球的重力明顯改變。然而，隨著球體能量的增加，我們和所有物質實體卻發現自己似乎身處宇宙深淵，而實驗體X周遭的重力場並未改變，證明了影響的對象有選擇性。

在地心引力發生改變以前，太陽光的藍色光譜有明顯減弱的現象。因此，我們假設所謂的「地心引力」並非是依照地球本身及其質量而生變，而是與某存在物創造出的某種宇宙物體、能量或地球大氣散發的光壓有關。

實驗體X雖能接收大量訊息，但不會嘗試分析，而是憑著感覺和直覺領會，因此讓人對她產生天真的印象。實驗體X和能量團之間的關係相當普通簡單，是建立在感覺層面之上，完全沒有尊卑之分或景仰之情。兩者互相尊重且行動完全自由。

我們觀察的發光能量團擁有智慧，最不可思議的是還具有感覺（幽浮學者從未在任何幽浮中發現）。這點可從以下現象獲得證明：能量團的光線在接觸實驗體X時，會輕撫其雙腳和頭髮，並以行動反映實驗體的心理狀態。

我們看到的物體除了能對物質造成生理影響，同時還能產生心理層面的影響。

我們假設實驗體X可能是外星文明代表定期接觸的地球人，或是有現代科學未能研究的自然現象在與實驗體通訊。

我們亦假設實驗體X可能代表某種外星文明，但其自稱「我是人，是個女人」又與假設違背，讓我們陷入兩難而不禁捫心自問：「我們究竟是誰？」或是「人類到底是邁向進步，還是走回頭路呢？」

12 人造變種

「好，夠了。」我打斷亞歷山大，「在我眼裡，阿納絲塔夏只是個隱士。就算她有不尋常的能力，我還是認為她只是個人。最好這樣想，再鑽牛角尖下去會發瘋的。不說了，快點開船出發吧！」

我們花了四小時抵達偏遠的村落。當我踏上熟悉的岸邊時，亞歷山大下了船，又想打消我的念頭：

「阿納絲塔夏離開了，弗拉狄米爾。你好好考慮一下，要不要取消行程，不去找她了？你找不到的。」

「我要去。」正當我揹起背包，我看到亞歷山大從刀鞘拔出一把大獵刀。

我扔下背包，開始找地上有沒有適合防衛的東西。亞歷山大卻是把右手袖子捲到手肘，突然用刀割自己的手臂。他用白色亞麻領巾蓋住流血的傷口，接著要我從船裡拿出醫藥箱，替他包紮手上的傷口。我沒有多想便照做了。他後來將沾滿鮮血的領巾遞給我：

「綁在頭上。」

「為什麼？」

「至少獵人不會碰你，他們不會對受傷的人開槍。」

「你以為獵人是笨蛋嗎？只要他們走近，就會發現這是假的。」

「他們不會靠近的，何必冒險呢？他們各自都有地盤和路線。旅人如果立意良善，在進入森林前會先找獵人，自我介紹並說明目的，再與獵人商量路線。如果獵人覺得對方是好人，便會提供幫助、意見或親自帶路。但他們完全不認識你，所以可能會連問都不問就直接攻擊。不過，他們不會向受傷的人開槍。」

我接過沾滿鮮血的領巾，綁在頭上。

「也許我應該要感謝你，但不知為何我就是不想。」

「不需要，我不是為了這個，只是想做點什麼。你要返程時，在岸邊升個火。我會時不時經過這附近，看到煙就會來載你——如果你回得來的話。」

我走進森林時，發現離我一百公尺遠的地方有兩隻狗。我心想：「應該是從村裡來的吧。牠們最好能靠近點，這樣我比較放心。」我甚至試著引誘牠們過來，但是沒有成功，牠們始終和我保持一定距離。我們就這樣進入了泰加林。亞歷山大嚇唬不了我的，泰加林對我而言並不危險。或許是因為我覺得，阿納絲塔夏就在這些花草樹木之間，她人雖然怪了點，但心地還是很善良。但最重要的是，在這座充滿障礙物，聲音和空氣都對都市人十分陌生的泰加林裡，住著我的親生兒子。這樣想的話，來泰加林就像回家了。

從岸邊走到林間空地，這二十五公里的路程比普通道路難上許多，因為得爬過倒落的樹木、繞過灌木叢。以前跟阿納絲塔夏一起走時，因為聊天的關係，我沒有注意過這些障礙。現在重要的是，我不能因為這些障礙而失去方向感，所以越來越常檢查指南針，心想：「阿納絲塔夏究竟是怎麼不用指南針，找到空地的？畢竟根本沒有條像樣的路呀。」

我每小時都得休息一下，最後在中午抵達一條寬兩公尺的小溪。以前我和阿納絲塔夏也曾穿過這條小溪。我決定到對岸的空地休息一陣子。我走在倒在溪中的朽木上，但是樹幹沒有接到對岸，所以我先把背包扔過去，再跳到對面。這時卻發生了意外——我踩到一個突起的東西。不知是扭傷還是拉傷，腳痛得不得了，甚至連頭都覺得疼。我倒在地上一陣子，試著起身時卻發現沒辦法走路。我躺在地上，思考接下來該怎麼辦。我開始回想腳扭傷或拉傷時該怎麼處理，但怎樣也想不起來，大概真的太痛了。我後來決定繼續躺著，吃點東西，或許就不會這麼痛了。如果不得已，我可以在這兒生火過夜，隔天應該就好了——畢竟傷口會慢慢癒合。

就在此時，我又看到狗了。這次變成四隻，另一邊多了兩隻。牠們待著不走，躺在我四周十公尺處。牠們品種不同，有一隻是萬能㹴，另一隻是拳師犬，其他則是混種狗——其中一隻是小型犬。牠們的毛東一塊、西一塊的，身形非常消瘦。萬能㹴的雙眼還流著膿。我想起船長助手和我講過這種狗。一想到現在的處境，似乎不感覺痛了。

總公司客輪的船長助手和我說過，想要棄養的飼主會把寵物載到外地丟掉。如果丟在城裡，貓和狗會聚集在垃圾堆旁，至少有些東西可以吃；如果扔在城外偏僻的地方，牠們會集體獵食，人類也是其對象之一，特別是落單的人類。這些狗比狼還可怕，牠們會埋伏在受傷或筋疲力盡的獵物旁邊，然後一齊撲上去。成群的流浪狗之所以比狼可怕，是因為牠們比狼更瞭解人類的習性，而且牠們憎恨人類，對人類懷著憤怒。牠們雖不像狼那樣會獵捕野獸，卻對人類相當在行。

要是其中一隻受過攻擊人類的訓練，情況就更糟了。

我之前曾把狗帶到私人的訓犬學校，那裡會教狗如何服從指令，還會上攻擊人類的訓練課程。訓犬師助理會穿上長袖棉襖大衣，命令狗兒狠狠攻擊、緊咬不放。如果狗表現不錯，就會給予獎勵。訓練後的狗會變得很聰明。

我在想，天底下除了人類之外，到底還有哪種生物會教其他物種攻擊自己？

將我包圍的狗越來越靠近。我心想：「要讓牠們知道我還活著，還可以活動、防衛自己。」我拿起一根短樹枝，朝離我最近且脫毛的大狗丟去。牠躲了開來，重新準備攻擊。附近沒有樹枝了，所以我伸進背包，要拿兩個食物罐頭。我才剛拿到，最小的那隻狗就從後面突襲，咬掉我的一支褲管，又跳了回去。其他的狗則按兵不動，似乎是觀察我會有什麼反應。

我把其中一個罐頭丟到大狗旁，另一個往小狗的方向扔。再也沒東西丟了……我覺得自己走投無路了。

我開始想像狗群將我生吞活剝，但因為牠們無法一下把我弄死，所以我會意識清醒地看著自己因疼痛而抽搐。我也沒辦法讓自己死快一點，好躲過這漫長的折磨。

讀者要給阿納絲塔夏的禮物還放在背包，裡面還有要給兒子的兒童用品，可惜都送不到了。

半個背包都是讀者的來信，寫了滿滿的問題和請求。信很多，而且都很特別。他們發自內心分享生活，還寫了許多詩歌。詩寫得可能不是很專業，沒有完全押韻，但都是好詩。現在卻要消失在這兒、化為塵土了。這時，我突然靈光一閃，決定寫下一張紙條，和信一起放進塑膠袋。對啊，紙條！要是有人找到背包，就可以拿走裡面的東西和錢，再把讀者的信轉寄給我的女兒波琳娜。我要在紙條上寫，請女兒拿到足夠的版稅後就出版這些信。不能枉費他們的一片真心，很多人或許是第一次寫詩，發自內心地創作。不能讓他們人生中唯一的詩就這麼丟了。

要寫紙條實在困難，雙手一直在發抖——大概是因為恐懼吧。在這種一切顯然走向盡頭的處境中，為什麼人的求生意志這麼頑強呢？我還是寫完了紙條，和信一起放進塑膠袋綁緊，以免水氣跑進去。這時我發現越來越靠近的狗群開始出現一些奇怪的舉動。牠們一隻接一隻地遠離，其中幾隻還立起身子看向另一邊，然後再次趴下埋伏。我用單腳撐起身子，想知道牠們在注意什麼……我竟然看到……看到阿納絲塔夏沿著小溪衝了過來，她的金色秀髮在風中飄逸。優雅的跑姿讓我出了神，忘了自己身陷危險之中。但我突然想到：有狗！牠們意識到獵物可能會被搶走，於是準備攻擊衝過來的阿納絲塔夏。

這些野性大發的餓狗會為自己的獵物瘋狂奮鬥到底的，阿納絲塔夏一個人鬥不過牠們，牠們會將她撕成碎片。我開始用餘力大喊：

「停下來！阿納絲塔夏！有狗！這裡的狗很兇！不要過來，阿納絲塔夏！停下來！」

阿納絲塔夏聽見我的大喊，但絲毫沒有慢下來的意思，只是把手舉到空中揮舞。我心想：「她在幹什麼？在這種情況之下，那個平常會幫她的異常現象也幫不了她的。」

我迅速從背包拿出幾罐小玻璃瓶兒童果汁，開始往狗的方向扔過去，企圖讓牠們的注意力回到我身上。有個瓶子扔到了，但牠們完全不理我。

牠們大概知道誰才是真正的威脅。阿納絲塔夏一跑到牠們的中間，牠們便從四方同時撲向她。就在此時……哇！一定要親眼目睹這個景象！阿納絲塔夏將所有衝刺的力量化為旋轉，突然從跑步的姿勢，變成如陀螺般急速旋轉，彷彿舞台上的芭蕾舞者，但是更快！野狗在撞到旋轉的阿納絲塔夏後，立刻彈起往四處飛，沒有對她造成傷害。但在她停下來後，牠們馬上又準備攻擊。

我爬向阿納絲塔夏。她身穿薄薄的短洋裝，真希望她穿的是棉襖，這樣狗就很難咬透了。

阿納絲塔夏單膝跪下，身旁都是因飢餓而幾乎陷入瘋狂的惡狗，但她的臉上毫無一絲畏懼。她看著我，簡短地說：

「哈囉，弗拉狄米爾。別害怕，休息一下，放輕鬆就好。別擔心，這些飢餓的野狗傷不了我的。別擔心。」

兩隻大狗再度從不同方向撲向單膝跪著的阿納絲塔夏。她話都沒說完，就以閃電般的速度將手伸向跳過來的狗，抓住牠們的前腳在空中甩，接著稍微把身子轉到一邊，讓牠們撞在一起後掉落。

其他狗又趴下來，可能準備再次攻擊，卻遲遲沒有行動。

阿納絲塔夏起身舉手，接著用力拍腿兩下。這時在後方鄰近的樹叢中，四匹成狼瞬間跳了出來。牠們的跑姿帶有一種剛勁，似乎不把敵人的數量和實力放在眼裡，準備好要大戰一場。

野狗全夾著尾巴逃跑了。狼群經過我的身旁時，我感受到牠們呼出的熱氣。狼群後方跟著一隻小狼，吃力地以小步伐、搖搖晃晃地跟上隊伍，彷彿一隻小牧羊犬。當牠走到阿納絲塔夏身旁時，突然用四隻腳掌剎住，還翻了個筋斗。牠跳起來舔了兩下阿納絲塔夏赤腳上剛剛被抓的傷痕。

阿納絲塔夏迅速從地上抱起小狼：「你想去哪？現在還不行，你太小了。」

小狼在阿納絲塔夏的雙手中蠕動，像小狗般哀嚎。牠後來自己從雙手中跳開，或是阿納絲塔夏放開牠的。牠一到地面，隨即又舔了她的抓痕，隨後跟上狼群。

「為什麼？」阿納絲塔夏走近時，我問她，「為什麼妳不一開始就叫狼來？為什麼？」

阿納絲塔夏露出微笑，很快地摸一摸、看一看我的腳和手，再用純淨、平靜的聲音說：

「請別擔心。得讓野狗知道人類比牠們強大。牠們本來就怕狼，但是牠們會攻擊人類。現在牠們不敢了⋯⋯。你別擔心。我感覺到你，知道你來了⋯⋯所以就跑來見你。為什麼你要冒險前來？我一開始找不到你，就猜到你一個人來了⋯⋯。」

阿納絲塔夏跑到一旁拔起某幾種草，再到另一邊找另幾種草。她把草放在掌心搓揉，接著小心翼翼地用濕潤的手掌摩擦我腿上的傷。嘴裡不停地唸著：

「疼痛離開，疼痛快走，結婚前會痊癒的[3]。」

我發現她常常會用一些俗諺，所以開口問她：

「妳從哪學來這些俗諺的？」

「我有時會聽別人說各種不同的話，想知道怎麼在簡短的話中傳達更多意思。你不喜歡嗎？」

「妳有時用得不是很恰當。」

「所以有時很恰當囉？如果恰當，就表示用得很好嗎？」

「什麼『恰當』？」

「是你先說的，我只是重複你的用詞而已。」

「阿納絲塔夏，跟我說，這邊離妳的空地很遠嗎？」

「你已經走了一半，現在兩個人走會快一些。」

「應該快不起來，我的腳現在很痛。」

「嗯，大概會痛一陣子。先讓腳休息一下，我來幫你。」

阿納絲塔夏輕鬆地提起沉重的背包，背對我單膝跪下：

3　俄羅斯俗諺「結婚前會痊癒的」通常是用來安慰受傷的小孩。

「抓著我，爬到背上吧。」她說話簡短又堅定，我二話不說爬到她的背上，雙手繞著她的脖子。阿納絲塔夏輕鬆又迅速地起身，接著連蹦帶跳地跑了起來，還一直跟我說話。

「妳不覺得重嗎？」我過了一會後問她。

「自願的負擔永遠不沉重。」阿納絲塔夏回答，並笑著說：「我做牛做馬，我亦男亦女[4]。」

「停，放我下來，我要試著自己用走的。」

「可是我不覺得重呀，為什麼要自己用走的？」

「妳剛說什麼『亦男亦女』？」

「大家都這樣講嘛，我用得不恰當，是不是？我冒犯到你了嗎？」

「算了，不重要。我只是想自己走看看。妳再幫我拿一下背包就好。」

「如果真的要走，你的腳至少還要再休息一小時。你在這坐一下，我很快就回來。」阿納絲塔夏離開了一下，回來時拿著一把不同的草，又在我腳踝四周塗抹起來。她隨後坐在我身旁，看著背包狡猾地笑了一下，然後突然問我：「弗拉狄米爾，背包裝了什麼呀？」

「一些讀者的信，還有他們送給妳的禮物。我也買了一些東西給兒子。」

「不如趁你休息的時候，給我看看有什麼禮物吧？」

「那妳會讓我見孩子──我的兒子嗎？妳該不會又要說我沒淨身，所以不能見他吧。」

「好吧，我會讓你看看兒子。但不是馬上，明天再見。你得先知道怎麼和他溝通，見到後很快就會懂的。」

「那就明天吧。」

我打開背包，先拿出要給阿納絲塔夏的禮物。她小心地接過每一樣東西，好奇地觀察，還用手摸一摸。她搖著瓦爾代[5]的鈴鐺──是奧爾嘉．西多羅夫娜送的。我還遞給她顏色鮮豔的大方巾──瓦倫緹娜．伊凡諾夫娜送的，她也是心地善良的女性。我突然發現：女人終究是女人，很多方面都一樣。

阿納絲塔夏拿起方巾翻面，做了各式各樣的花招。她把方巾綁在頭上，彷彿「阿倫努什

4 俄羅斯二戰時流行的歌曲。當時多數男人被派往前線作戰，女人只好扛起男人的粗活和家中的生計。現在隨著時代的變遷，該諺語也帶有嘲諷男人沒擔當的意味。

5 瓦爾代（Valday）位於莫斯科與聖彼得堡的中間，十八至十九世紀為俄羅斯的製鐘重鎮，專門生產馬車前吊掛的鈴鐺和教堂所用的大鐘。

卡巧克力」[6]上的圖片。她還展示了許多綁法。
阿納絲塔夏笑著把方巾綁在腰上，看起來像吉普賽女郎。後來又披在肩上，在我面前跳起類似民俗舞的舞蹈。接著細心地將方巾摺好，放在四散於草地的禮物上，然後對我說：
「弗拉狄米爾，請幫我和每個人說謝謝。感謝每位女性用她們溫暖的心意送這些東西。」
「我看到她們一定會轉達的。但沒有東西給妳了，剩下的不是妳的，是給兒子的。都是他需要的東西，妳用不到，所以到了空地後再給妳看吧。」
「為什麼現在不給我看呢？反正都坐在這兒休息了。我真的很想看。」
我不想給她看我給兒子買的東西，因為我還記得她在第一次見面時說的話：「你想要給兒子各種沒有意義的玩意，但他完全不需要。那玩意只是用來滿足你自己，好讓你可以說：『我是多麼關心孩子的好父親啊！』」不過我還是決定給她看了，因為我也很好奇，她會怎麼看待我們文明對孩童的關愛。我首先給阿納絲塔夏看尿布，並說明這能有效吸收濕氣，當嬰兒排尿時，皮膚不會因此出汗。我對她覆述電視廣告的內容，給她看嬰兒食品。
「阿納絲塔夏，妳看，這是嬰兒食品。這很棒，富含孩童所需的一切物質，還能補充維他命。重點是，準備起來一點都不麻煩，只要倒進溫水就行了。妳懂嗎？」

「我懂。」

「所以說，我們技術治理世界的工廠煙囪不是白冒著煙。在這些煙囪底下，也有製造嬰兒食品和包裝的工廠。包裝上畫的孩子笑得多麼燦爛、容光煥發，妳看到了嗎？」

「看到了。」

我最後給她看兒童積木，並立刻向她介紹：

「這是兒童積木，這可不是沒有意義的玩意。上面寫著『有益孩童智能發展』，可以按照圖片做成汽車、火車頭、飛機、房子等等。不過這之後再給兒子玩吧，現在還太早了，他肯定還搞不懂這些東西怎麼移動、怎麼飛。」

「怎麼會太早？他現在就可以明白。」阿納絲塔夏回答。

「喏，積木會幫助他明白吧！」

「你這樣覺得？你確定嗎？」

---

6 俄羅斯著名巧克力，原名應為「阿倫卡巧克力」（Alyonka），包裝因有個綁著頭巾的可愛娃娃頭而聞名。

「不只我這樣想，阿納絲塔夏。很多科學家——研究孩童心理的心理學家——也這麼認為。妳看，他們還在大綱裡寫下自己的結論。」

「好，弗拉狄米爾，沒關係，就照你的意思去做吧。但先請你看看兒子如何生活，你再決定他最需要的是什麼。」

「好，妳說了算。我會看看再決定的。」阿納絲塔夏沒有和我爭辯我帶來的東西，這點讓我很高興。

「不過你先把背包藏起來吧。決定之後，我再回來拿最需要的東西，或是整個背包都拿。背包太重了，畢竟你的腳還在痛，你又不讓我揹你。」

「嗯，好吧，先藏起來。」我同意她的提議，「不過我們還是把信帶著。裡面寫了好多問題要問妳，我沒辦法全部記下來。」

「好，信就帶著吧。」阿納絲塔夏附和。她帶著裝著信的袋子，而我扶著她的肩膀，一起往她的空地前進。

到了她的空地時，已經是深夜了。

那裡和以前一樣，什麼都沒有，沒有任何房子，甚至連個茅草屋都沒有，我卻有一種回家的感覺。就連心情也變好，內心感到平靜。一股睡意向我襲來，大概是昨天和亞歷山大聊了一整晚都沒睡吧。我心想：「這裡什麼東西都沒有，可是我居然有一種回家的感覺。這種回家的感覺，顯然不是因為房間有多大（睡城堡也一樣），而是有別的原因。」

阿納絲塔夏隨即帶我到湖邊要我洗澡。我完全不想洗澡，但我想現在最好什麼都聽她的，才能快點看到兒子。

我洗澡後走到岸上，卻覺得比水裡還冷。阿納絲塔夏用雙手拍掉我身上的水，用某種草替我擦身體，讓我的身體熱了起來。接著她拿出自己的洋裝，笑著說：

「弗拉狄米爾，穿上吧，當作你的睡衣。你的衣服要泡一下再洗，上面的味道太濃了。」

我穿上阿納絲塔夏的洋裝，理解到一定要去除味道。

「這是為了不要嚇到兒子嗎？」

「對，也是為了他。」阿納絲塔夏回答。

「但只穿一件洋裝，睡覺會冷的。」

「別擔心，我已經替你安頓好了。你會好好地睡一覺，不會覺得冷。你可以把裝信的塑膠袋枕在頭下。我都幫你想好了，你會睡得很好，不會冷到的。」

「又要叫熊替我取暖嗎？我不要跟熊睡，一個人就行了。」

「我已經幫你鋪好床，讓你不會覺得冷或熱。」

我們走到之前睡覺的洞穴。她在撥開懸掛在洞口的樹枝後，我聞到一陣宜人的乾草味。我爬進洞穴後，陷在草堆之中。這時，一股美好安適的睡意籠罩在我身上。

「你可以蓋我的短衫，不過就算不蓋也不會冷。如果你想的話，我也可以睡在你旁邊，讓你溫暖一點。」我在半夢半醒之間聽見她說的話，回答：

「不用了，妳跟兒子睡吧，替他取暖……。」

「別擔心，弗拉狄米爾。兒子現在可以自己做很多事情。」

「他怎麼可能自己一個人，他還小……。」我話沒有說完，就深深進入了甜蜜又祥和的夢鄉。

13 如獲新生的早晨

早晨醒來時，我的心情異常愉快。我躺著一點都不想動，深怕這種感覺走得太快。我到底經歷了什麼樣的夜晚？為什麼經過昨夜後，我會覺得自己的身體和意識彷彿沐浴在愛之中？天亮了之後，我終於明白為什麼晚上不會冷、也不會熱了。我陷在乾草和乾燥的花堆裡，感受四周散發的愉悅香味和溫暖。讀者常常問我，在嚴寒的西伯利亞裡，阿納絲塔夏是如何不受凍的？其實答案很簡單：只要躺進乾草堆，就完全不會覺得冷。的確，她還有別的方式取暖，讓她能在攝氏五度的天氣半裸而不受凍，甚至能在低溫中游泳，出水時還不會發抖。

當我躺在乾草上、沉浸在幸福的滋味時，我心想：「早晨是一天的開始，我感到如獲新生。如果每天早上都能如此，就會像活了千個世紀一樣，而且每個世紀都能和這個早晨一樣美好。可是要怎麼讓每個早晨都像現在這樣呢？」

我躺著沒有起身，直到聽見阿納絲塔夏愉悅的聲音：「早起的人可以得到神的祝福。」當我爬出舒服的臥房時，她已經站在入口上頭。她把金色秀髮編成一股辮子，尾端是小草綁成的蝴蝶結。新髮型很適合她。

「我們去湖邊，讓你洗洗身子、穿上衣服。」阿納絲塔夏把辮子往前撥，彷彿在賣弄風情。我心想：「女人就是女人」，然後大聲對她說：

「阿納絲塔夏，妳的辮子好美。」

「很美嗎？非常、非常美嗎？」她開心地轉圈。

我們跑到湖邊。岸上的樹枝掛著我的襯衫、長褲、內衣，都是我昨天脫下的衣物。我摸了一下，發現都乾了。

「為什麼乾得這麼快？」

「是我弄乾的。」阿納絲塔夏回答，「我穿了你的衣服跑了一下，所以很快就乾了。你現在先洗個澡再穿上。」

「妳也要洗嗎？」

「我已經將迎接早晨所需的事都做好了。」

在我進到水裡之前，阿納絲塔夏將草做成的泥漿抹在我身上。當我潛入水中，周遭的湖水發出陣陣滋聲，我的身體感到刺痛，但在出水時又覺得神清氣爽，似乎身體的所有毛孔都自己用力呼吸，每個毛孔都吸入了空氣。我的呼吸變得輕鬆自在。

阿納絲塔夏像前晚那樣，開心且頑皮地撥掉我身上的水珠。當她在替我拍背時，我突然感到有股熱熱的東西噴在我的背上，一次、兩次……我猛然轉頭，發現她正用雙手擠胸部，這回溫熱的乳汁直接噴向我的臉，然後她又擠另一個乳房朝我的胸膛噴。她一邊哈哈大笑，一邊趕緊擦掉。

「妳為什麼要這樣做？」當我回過神來，我問她。

「因為！因為！」阿納絲塔夏大笑起來，同時遞給我長褲和襯衫。我一穿上就發現味道也不同了。我的語氣轉為嚴肅：

「妳要我做的我都做了，現在能讓我看看兒子了吧。」

「好，走吧！但拜託你，弗拉狄米爾，不要立刻靠近他，先觀察一陣子，試著瞭解他。」

「好，我會先觀察，我會瞭解的。」

我們走到我已熟識的空地。阿納絲塔夏在空地邊緣的樹叢旁說：

「我們在這靜靜坐著和觀察。他馬上就要起床了，你會看到他的。」

空地邊緣的一棵樹下側躺著一隻母熊，但我沒有看到任何小孩。我感到越來越興奮，心跳變得十分異常。

「他在哪？」越來越興奮的我問阿納絲塔夏。

「注意看。」阿納絲塔夏回答，「你看他小小的頭和腳從熊掌下方伸了出來。他睡在母熊的腹股溝裡，躺在那邊很舒服、很溫暖。母熊把手掌放在他身上，沒有用力壓，只是稍微蓋著他。」

我看到了！一個小小的身體窩在這頭巨大野獸毛茸茸的腹股溝裡，就在牠微微抬起的前掌下方。母熊側躺著不動，只有頭左右擺動看著四周。他的小腳在濃密的熊毛中動了一下，母熊立即稍微抬起前掌。孩子醒了。他在移動手臂時，母熊抬起前掌，在他手臂一放下又將前掌蓋在他的身上。母熊只動了前掌和頭部，身體完全沒有動。

「牠怎麼躺著都不動？一直同一個姿勢不會不舒服嗎？」

「牠可以這樣躺著很久都不動，這對牠沒什麼困難的。當初寶寶爬進他的『小床』時，牠是又驚又喜。現在牠感覺到自己的重要性，因為牠有責任在。甚至該是繁衍後代的時候，牠也不讓公熊靠近自己。這樣其實不是很好，但等兒子大一點之後，牠就會讓公熊接近了。」

我耳裡聽著阿納絲塔夏，眼神卻離不開大熊掌下的小腳。小腳又開始移動，熊掌也跟著抬了起來。孩子伸展著身體，抬起頭後突然停下動作。

「為什麼他不動了？又要回去睡覺嗎？」我問阿納絲塔夏。

「仔細看，他在尿尿。母熊又來不及把他放到草地上，或是說牠不想這麼做，因為牠太溺愛他了。」

一道小小的噴泉噴在熊毛上。母熊與孩子一樣靜止不動，連頭部和手掌也靜止，直到小噴泉停了為止。接著母熊轉向另一側，孩子就這樣滑到草地上。

「很好。你看，母熊覺得我們的小寶寶要大號了。」阿納絲塔夏開心地說著。

小小的身體躺在地上用力，碩大的母熊在他的上方幫他，肚子咕嚕叫個不停，像是要和他一起大號一樣。孩子轉身趴著，動起手來，在草地上爬呀爬。他的屁股沾到了一點大便，母熊走過去用大舌頭舔了這個小小人類的屁股，彷彿保母幫孩子清理那樣。母熊用舌頭推了孩子一下，讓他的肚子碰到地上。他立刻又撐起身子往前爬。母熊跟在後頭再舔一下，但其實屁股已經很乾淨了。

「弗拉狄米爾，你覺得母熊有辦法脫下尿布或內褲，然後換上新的嗎？」阿納絲塔夏小聲地問我。

「好啦，」我也輕聲回她，「我明白了。」

孩子轉身躺著，母熊仍堅持再次舔他的股間。靈活的他用小手抓住母熊嘴上的毛。巨大的母熊隨著他的小動作，將頭躺在孩子的腳邊。他一手抓住母熊的臉，另一手將自己撐起，開始爬上熊的頭。

「他要去哪？」

「想爬到母熊的眼睛。他對母熊閃閃發光的眼睛很好奇，總是想摸一下。」

孩子趴在母熊的臉上，看著眼睛想用手指摸摸看，但母熊馬上閉起眼睛，讓他只碰到了眼皮。孩子等了一會，還是看不到閃亮的大眼，於是從母熊的臉上爬了下去，在草地上爬了一會後停止不動，看著地上的某個東西。母熊站起身來，咆哮了兩次。

「牠在呼喚母狼。牠自己要先清洗一下，找點東西吃。等等你就可以看到，牠們之間怎麼親切地溝通了。」阿納絲塔夏說。

過了一會兒，空地邊緣出現一隻母狼，但母熊對牠的出現完全沒有歡迎之意，反而是發出威脅般的嘶吼。母狼的反應同樣不友善，牠張望著整片空地，沿著邊緣跑跳了一下後趴下。這時牠突然奮力一跳，又趴了下來，像是準備要攻擊的樣子。

「這哪門子的親切呀？」我問，「為什麼母熊呼喚牠，卻又對牠咆哮？母狼看起來也很具有威脅性？」

「牠們就是這樣溝通的。母熊咆哮是要叫母狼不要動，牠要檢查對方一切都沒問題——沒有生病、靠近孩子不會危險、有能力保護孩子。母狼證明自己沒問題。牠用行動證明，而不是靠講話。你剛也看到牠們走路的樣子，跳得多高呀！」

母熊在觀察母狼後，步履蹣跚地走出空地。母狼躺在孩子附近的草地上。他還在盯著某個東西，手摸著草地。他隨後發現母狼，爬了過去。他靠近後摸起母狼的臉，伸進嘴巴摸牠的牙齒，拍牠的舌頭。母狼舔了他的臉。接著小弗拉狄米爾爬上牠的肚子，摸一摸牠的乳頭，接著把手放進嘴裡吸，臉皺在一起。

「兒子要吃東西了，」阿納絲塔夏再度開口，「但還沒餓到要喝母狼的奶。我離開一下，你先在空地邊緣坐著。如果他看到你、而且好奇的話，就會爬到你這邊，但不要擅自抱他。

他看起來還小，但已經是個人了，他不會理解沒有意義的兒語。如果你不顧他的意願抱起他，對他會造成暴力。他會不懂為什麼你要自作主張。即使你是出於好心，但只要違反他的意願，他對你的印象就會不好。」

「好，我不會抱他，就在這裡坐著。但母狼不會不歡迎我嗎？」

「你現在散發的味道，不會讓牠不歡迎你的。」

阿納絲塔夏拍了兩下大腿，母狼此時站起身來，往她的方向瞧，接著看看又在玩昆蟲的小朋友。牠跑了過來。

阿納絲塔夏站在我旁邊，呼叫母狼靠近後，以手勢讓牠趴下。

「我可以摸牠嗎？說不定以後可以做個朋友。」我問。

「牠不喜歡這種屈尊俯就的形式。牠已經知道狀況了，所以不會碰你。不過，牠不會容忍你表現出高高在上的樣子。」阿納絲塔夏回答。她把母狼請回空地，跟我保證馬上回來後，就去忙自己的了。

我走出我們躲起來觀察空地的樹叢，坐在離小弗拉狄米爾十公尺遠的草地上，就這樣坐了十五分鐘，他完全沒注意到我。我心想如果繼續這樣默默坐下去，他是永遠看不到我的，於是我彈了兩次舌頭。

孩子轉頭過來看到了我。我的兒子呀！兒子好奇地盯著我看，我也興奮地看著他，甚至全身都發熱了起來。

我好想跑過去抱起他小小的身子，將他往我的懷裡靠。但一想到阿納絲塔夏的要求，尤其還有母狼在場，我打消了念頭。

我的兒子慢慢爬向我，對我目不轉睛。我的心臟跳得厲害，連我自己都聽得到。為什麼會跳成這樣？這樣可能會嚇到他。

他爬著爬著，草地上又有東西吸引他的目光。他伸手去抓昆蟲，開始觀察手上爬的東西。三公尺……我的兒子離我三公尺而已！

都是因為那些昆蟲！草地裡是有什麼樣的世界？是什麼生命讓他那麼好奇？這片森林究竟有什麼秩序和規矩？父親就在孩子面前啊，可是他卻對昆蟲比較感興趣。不能這樣，他應該要知道父親比昆蟲重要。

突然間，孩子又抬起頭，看向我這邊，露出沒有牙齒的微笑，然後比剛剛迅速靈活地爬過來。我準備好要抱他，卻眼睜睜看他爬過我旁邊，完全沒看我一眼。

我轉過頭，看見阿納絲塔夏站在我斜後方，臉上掛著微笑。她坐下來，手掌朝上放在草地上。帶著笑顏的孩子爬到母親的懷裡。阿納絲塔夏沒有抱他，只是輕輕地幫助他爬到胸口。孩子在她的雙手中，小手拍著母親袒露的乳房，對她投以微笑。他接著碰碰乳頭，嘴唇靠上去吸起豐滿的乳房。阿納絲塔夏只看了我一眼，手放在唇邊示意我不要講話。我在她餵孩子時，靜靜地坐在旁邊。

阿納絲塔夏在餵奶時，似乎忘記了我的存在，甚至連周遭的世界也忘了。整個過程中，她只看著兒子。他們彷彿彼此在溝通，因為孩子會吸著吸著，突然放開乳頭，看著阿納絲塔夏的臉。有時帶著微笑，有時表情嚴肅。後來他在母親的懷中一動也不動，睡了一會兒。等到孩子醒來時，又露出一抹微笑，阿納絲塔夏扶著他的背，讓他坐在她的手掌上。

他們兩張臉貼得很近，孩子伸出雙手摸阿納絲塔夏的臉，用自己的臉擠她的臉。他隨後再次看著我，愣了一下、好奇地盯著我。

他的手突然伸向我，身子往我這邊傾，嘴裡發出「ㄟ」的聲音。我不由自主地伸出雙手，阿納絲塔夏便把孩子交給了我。

我抱住親生兒子的小小身體，是我夢寐以求的兒子呀！我頓時間忘記世間的一切，恨不得馬上為他做點什麼。孩子摸摸我的臉，嘴唇貼了上來，卻又縮回去、臉皺在一起，一定是碰到鬍渣了。接著我也不知道為什麼，突然有一股擋不住的衝動，想要親親他溫暖的小臉頰。我決定要親了！但最後卻不知怎麼地，我不是用親的，而是快速地舔了他的臉頰兩次，就像母狼那樣。孩子驚訝地往後縮，一直眨眼睛。阿納絲塔夏發出嘹亮的笑聲，充滿了整片空地。孩子立刻向她伸出雙手，也跟著她一起大笑，身子在我的懷裡扭動。我知道他希望我放開，我的兒子要離我而去了。我順從他的意願，遵守這裡溝通的規矩，小心翼翼地將他放回草地。孩子立刻爬向阿納絲塔夏。還在大笑的她跳起來，繞到我的另一邊，貼著我坐下。孩子馬上轉身，帶著笑容爬向我們。他爬到阿納絲塔夏的手上，又一次地伸手摸我的臉。這就是我和兒子第一次溝通的情形。

14 父親的責任

我的兒子小弗拉狄米爾後來進入夢鄉。吃飽的他在草地上玩耍，摸著地上的雪松果，還試著舔它。他看著空中飄浮的白雲，聽著鳥兒的高歌，然後爬上綠油油的土丘，蜷曲身子後閉上眼睛，不知在對什麼微笑就睡著了。阿納絲塔夏在一旁忙碌，而我開始漫步在林中思考，無視周遭的事物。我的心中同時感到高興和失望。我走到湖邊的一顆雪松下坐著，決定哪兒都不去了，除非我想到身為父親的自己，該如何為孩子的教育盡一份心力。我一定要想辦法，讓孩子覺得父親才是世上最重要的。阿納絲塔夏走近時，我原本還不打算和她說話，但她的笑聲讓我分了神。阿納絲塔夏默默坐在我的身旁，雙手抱住膝蓋，若有所思地看著平靜的湖水。她開口說：

「請你別見怪。只是你溝通的方式很有趣，讓我忍不住笑了出來。」

「不是因為這個。」

「不然是什麼？」

「很多讀者來信問我撫養小孩的問題，要我問妳有關孩子的教育制度，並寫在下一本書中。但我究竟可以寫什麼？這裡完全相反，毫無制度可言呀！你們這裡有的好像是『反制度』。有些讀者可能會問：『在這種情況下，父親該做些什麼呢？』」

「『反制度』這詞用得很好，就寫這個吧。」

「這樣誰會有興趣？大家都希望有實用的書能告訴他們，孩子一個月、兩個月時等等該怎麼照顧。書裡要寫出作息時間表、飲食規劃建議，以及各年齡層的教育計畫表。可是這裡是完全放任孩子，照他的意思走。」

「弗拉狄米爾，你希望我們的兒子長大後成為怎樣的人？」

「什麼意思？當然是快樂又成功的正常人呀。」

「在你認識的人當中，很多人快樂嗎？」

「快樂？如果妳說的是非常快樂的人，大概沒有幾個。每個人都會遇到不順的事情，像是錢不夠、家庭紛爭、疾病纏身等等，但我希望兒子能夠避免任何不快樂的情況。」

「你想想看，如果你特意把他放在眾人的教育制度中，你要他如何避免你說的情況呢？

再想想看，所有父母都希望孩子快樂，他們長大後卻變得和大家一樣不快樂，你有沒有看到其中的規律？」

「規律？什麼意思？可以直接告訴我嗎？」

「我們可以一起想。」

「這個問題人類已經想很久了。各領域的專家學者都研究過了，還想出各種教育制度並制訂時程表，希望能找出最好的制度。」

「弗拉狄米爾，你仔細看看四周，看看花草樹木。你要怎麼事先安排好在哪一天、哪個小時澆水呢？你總不能只是因為有人特別訂了日程、時程，就在下雨時仍執意澆花吧？！」

「妳扯遠了。這和撫養小孩無關，生活中不會有這種事的。」

「但這無時無刻都在發生。不管制度為何，都只是制度，總是會讓人在還小的時候，就與心靈疏離、屈服於制度；讓人在長大後和其他人一樣，融入這個制度。數個世紀以來，它始終不讓人類悟出真理，不讓人類開創自己——神賜予的靈魂——的色彩。人類可是全宇宙的主宰呀！」

「等等，別激動。用一般的話慢慢說。到底要怎麼做，才能像妳說的那樣，讓孩子在成長時擁有自由的靈魂？如神所願地成為宇宙的主宰，獲得幸福？」

「不要干涉孩子，父母看待孩子的方式要像神希望的那樣。宇宙所有的光明力量，會想將宇宙最好的送給每個新生兒。而父母的責任在於，不用人類教條去遮蔽富創造力的光線。幾世紀以來，地球上不斷爭辯哪個制度才是最有智慧的，但你自己想看看，只有真理被矇蔽的地方才會有爭辯。毫無結果的爭論可以永無止境地下去，好比待在關上門的房間裡。但只要打開房門，一切都會明朗。所有人都能因此看到真理，更沒有什麼好爭辯的了。」

「不過誰會開啟這一扇門？」

「門已經開了，現在只是要打開靈魂的雙眼，去看、去理解。」

「理解什麼？」

「你剛剛問了制度的問題，提到書中為人類制訂作息表和例行公事，但你想想看，有誰能比造物者更清楚地講述自己的創造嗎？」

「可是造物者什麼都沒講呀！祂到現在從未講過任何話，沒有人聽過祂的隻字片言。」

「人類發明的每個詞彙都有很多意思。造物者透過美妙雋永的傑作，帶著耐心與愛向每一個人說話：太陽的升起、月亮的光暈、輕柔的雲霧，還有把玩陽光、吸取藍天的溫柔露珠……宇宙間有眾多顯而易見的例子。你環顧一下四周，一切都在你與所有人的身邊。」

如果再繼續敘述阿納絲塔夏對撫養小孩的看法，最後的結論大概會和我們現在的方式完全相反。

我曾經提到過，她所有祖先和她自己，都把孩子視為神或純淨的天使。干涉孩子思考是完全不被允許的。

她的祖父和曾祖父在她還小時，會長時間看著她對昆蟲、花兒入迷，看著她專心思考。他們盡量不現身、讓她分神，只在孩子注意到他們並想和他們說話時，才會和她溝通。阿納絲塔夏說，當我觀察小弗拉狄米爾在草地上看東西時，他認識的不只是昆蟲，而是整個宇宙。

根據她的說法，昆蟲要比所有的人造物具有更完美的機制，更何況是粗陋的積木。若孩子有機會和這些完美的生物溝通，會比與無生命、粗陋的物品為伍要來得好，自己也將變得更完美。

此外，她相信每株小草、每隻昆蟲都和整個宇宙緊緊相連，所以能幫助孩子瞭解宇宙的本質、瞭解身處其中的自己，並知道自己的目的。人造物沒有這種連結，會在孩子的腦中灌輸錯誤的優先順序與價值觀。

她——現在加上我們的兒子——成長的環境，和我們文明世界的教育方式有著天壤之別。她是這樣回應我的觀察：

「當一個幼小無助的胎兒還在母親子宮的時候，宇宙中的光明力量就在為他歡騰，焦急地冀望這個初到人世的無瑕之人——與神相稱的人——能夠成為好的主宰，為地球添增愛的光芒。

「造物者已經為他設想好一切，整個宇宙——昆蟲、樹木、小草和外表兇猛的野獸——已經準備好成為他的好保母。雖然孩子外表看起來還小，卻是造物者偉大的創造。造物者在一瞬光明的靈感下創造了人，也為他在地球上打造了一座天堂。

「沒有任何力量能超越造物者最高等的創造，祂將奔放的愛與光明的靈感，在每個人出生的當下就給了他。

「在浩瀚宇宙的所有生物中，只有一種能介入神、天堂、幸運之星和人類之間，影響人的命運。」

「所以說，在世界上，有生物的力量比神還大？」

「世界上沒有力量大過神的靈感，但是有力量相稱的生物，能夠介於神與人之間，也就是介於最溫柔的教育者與天使般的孩子之間。」

「到底是誰？怎麼稱呼？」

「這個生物就是父母。」

「什麼？父母怎麼可能會希望孩子不快樂？」

「所有的父母都希望孩子快樂，只是忘了通往快樂的途徑，所以才會製造出暴力，儘管他們是出於好意。」

「妳可以證明妳說的話嗎？」

「你剛才提到各種教育制度，你想想看：制度有很多，真理卻只有一個。光是這點就表示，許多制度都走在錯誤的道路上。」

「要怎麼判定哪個是真正的制度，哪個不是？」

「試著用開闊的心去看待生命，淨化你徒勞忙亂的思想，這樣才能看見世界、看見宇宙的造物者、看見自己。」

「不是用一般的眼睛，那麼心的雙眼在哪？誰能看清一切？妳可以講得再具體一點嗎？

用比較簡單、一般人會講的話。妳說妳會模仿我的用詞，實際上卻是相反——妳是讓我變得跟妳一樣。我感覺得到，妳講話和我不一樣。」

「只有一點點不一樣，你終究會記得重點的。我的語言會和你的結合在一起。請你不要擔心，不要因為自己所用的文字組合而感到羞愧。很多人都能讀懂你的語言，這會打開人隱藏在內心的事物，讓宇宙的詩篇在你的語言中成真。」

「這是怎麼回事？我不想任何人改變我的語言。」

「可是有記者說你的語言生硬時，你卻覺得被冒犯了。我和讀者可以讓你生硬的語言，變成最有共鳴的語言。」

「這之後再說吧，我現在只希望妳說得簡單一點，剛剛的問題既複雜又難懂。怎麼會有這種情況？為什麼父母會封鎖孩子通往快樂的途徑？現實真的是這樣嗎？妳得先說服我呀。」

「好的，如果要我說服你，試著回想你童年的場景。」

「可是這不容易，不是所有人都能回想起自己的童年。」

「那為什麼會這樣呢？是不是你的記憶為了避免不舒服的感覺，自動刪去了空虛、徒勞的部分？它也試圖抹滅任何絕望的跡象，清除你在母親子宮裡的記憶——你感受到母親的痛苦，進而感受到那些來自外界對她的謾罵。需要我幫你回想嗎？」

「幫我吧。我的記憶還遺失了什麼？」

「接下來你會不忍回想，身為宇宙主宰的你，無助地獨自躺在嬰兒床上，身體被緊緊包著，形同綑綁一般。面帶微笑的大人決定你何時該吃、何時該睡。你想要思考、體會一切，但是大人常常會說兒語，把你往上拋著玩。『為什麼要這樣？』你沒辦法去想。在你稍微長大後，周遭盡是沒有生命、沒有靈魂的物品，你卻不准碰，只能碰大人遞給你的東西。你只好勉為其難，試著弄懂手中的玩具有什麼完美之處。你在這些愚蠢又粗陋的物品中，找不到根本不存在、也不可能存在的東西。但是你沒有完全放棄，拿在手中繼續找，還想咬咬看，最後還是徒勞無功。你找不到任何解釋，這是生來要成為宇宙主宰的你第一次動搖。你認定自己無法決定任何事，就這樣被生下你的人背叛，你也出賣了自己。」

「妳說的是我的生命片段，其他人也是這樣嗎？」

「具體上是在說你，同時也在說此刻正在聽我講話的眾人。」

「如果人人出生都是宇宙主宰，不就表示有很多主宰嗎？這怎麼可能？如果有這麼多人統治，還算得上主宰嗎？還是說有很多個宇宙？」

「宇宙只有一個，無法分離的唯一一個，但每個人在宇宙中都有自己的空間，每個人都影響著整體。」

「那我的空間在哪？」

「你失去了，但你會找到的。」

「我什麼時候失去的？」

「當你放棄的時候。」

「『放棄』？我和所有的孩子一樣呀！」

「你和所有的孩子一樣，相信親人的好意、相信父母，而越來越壓抑自己的渴望，最後接受別人把你當作微不足道、無知的小孩。

「童年時感受到的暴力會跟著你一輩子，還會讓你在下一代中重蹈覆轍。你和大家一樣去上學，他們在學校告訴你，人只不過是猴子、人是多麼地原始、多麼愚蠢地相信上帝；他們說，只有一位無所不知的領袖，是由人民選出來的，一個人就比眾人高等、聰明。獻給領袖的詩讓你讀到忘我，你更是一味地美化他。」

「不是因為別人告訴我，我才讀詩或讚揚領袖的。我當時是真的相信。」

「是呀，很多人都在讀詩。你們甚至還有競賽，看誰最會歌頌領袖，而你還想成為第一名。」

「當時每個人都想啊。」

「是呀，整個體制要求你們有相同的志向，所以才會以暴力壓垮你們，好讓制度保留下來。」

「但在人生過了一段時日之後，你突然領悟到，原來有太多的制度，而且每個都不一樣。你又發現人可能從來就不是猴子，智慧領袖原來是愚蠢至極的暴君；你的世代都在過著不對的生活，於是需要另外的制度。

「後來你當了爸爸，不假思索地把女兒交給新的制度，以為這是對她好。你不像以前還會思考，也不再好奇為什麼搖鈴會響。你接受了這種暴力，也開始對自己的孩子如此。數千年來世代更迭，各種制度來來去去，但目的只有一個，就是要殘害身為主宰、聰明創造者的你，讓你變成沒有靈魂的奴隸。制度經由父母、經由自稱智者的人去運作主導。他們創立新的教導，因而誕生新的制度。然而，只要稍微分析，就能明白背後由來已久的目的：讓你和神分開、介入你們之間，再迫使你和神為制度生活、賣命。這就是每個制度的本質，而你還要我創立新的制度，我想我無法達成你的要求。你自己看看四周吧！試著用心去體會。」

「阿納絲塔夏，那我們的兒子呢？他住在這座茂密的泰加林裡，與野獸為伍，他難道完全不知道妳說的暴力嗎？」

「他不知道暴力和恐懼，而是越來越相信所有的一切均取決於人類，人類會對一切負起責任。」

「可是母熊在他睡醒後舔了他的髒屁股，難道這完全沒有暴力嗎？舔他時推倒他呢？在他爬起來又舔一次呢？何況還讓他跌倒。我親眼看到，他明顯不喜歡這樣，所以才抓住母熊的嘴，想要阻止母熊用舌頭碰他。」

「母熊那時立刻就停止了。孩子再大一點，會明白這個程序的重要性，他現在只覺得這是在玩。他想和母熊一起玩，想讓母熊追著他跑。」

「妳說人類是宇宙最睿智的，但我們的兒子是由野獸帶大，這不太正常呀！我在電視上看過有人被狼群帶大，當他長大被人發現時，花了好一段時間才能像正常人講話，而且智商似乎不足。」

「周遭的野獸不是在撫養我們的兒子，牠們更像是善良、能幹的保母，對他付出真誠的愛。牠們還隨時準備好為孩子犧牲，而且毫不猶豫。」
「妳這樣訓練牠們很久了嗎？祖父和曾祖父有幫妳嗎？」
「為什麼要訓練？造物者在很久以前就安排好了。」
「祂怎麼有辦法預知一切，讓各種動物知道哪時要做什麼？剛剛在空地時，我發現兒子在看一群松鼠，而且特別喜歡其中一隻。他把手伸出去，嘴裡發出很長的『ㄟ』聲，那隻小松鼠就飛快地跑了過去。兒子和松鼠玩了起來，抓牠的腳掌、摸牠的尾巴。究竟造物者是怎麼預知這種情況，然後教會松鼠的？」
「造物者很聰明，祂讓一切變得簡單又完美。」
「怎麼做到的？」
「只要人褪去侵略心、自私、恐懼，以及眾多隨後出現的黑暗情緒，就可以散發愛的光芒。雖然光芒用肉眼看不見，卻比太陽光還強。它的能量會帶來生命。造物者只讓人類擁有這種強大的能力！只有人類才能為萬物帶來溫暖，所以所有的生命才會向人類靠攏。
「小弗拉狄米爾發現松鼠時，只把目光放在其中一隻身上，聚精會神地看著牠，讓自己的溫度投向牠。牠感受到這股溫暖帶來的恩惠，跑向溫度的來源，和他開心地玩在一起。我們的兒子可以這樣呼喚任何動物。

「造物者讓每個新生兒都有這樣的能力——只要他仍處於愛的空間，這美好的生命起點也未遭到任何破壞。愛的空間起源於母親的子宮，接著只會一直擴大。只有人類有能力摧毀或完善這個愛的空間。

「爺爺的確會訓練老鷹，這你也聽說了。他因此為愛的空間帶來新的氣象。我的祖先——無論男女——自古以來都是這樣做。另外，明天是個特別的日子，你會看到並明白的。明天會是對未來很重要的一天！」

15 助人探索靈魂的鳥兒

隔天，我和阿納絲塔夏走到空地，一如往常地默默觀察玩得入迷的兒子。母狼躺在空地邊緣，也用牠敏銳的眼光看著孩子。旁邊有幾隻小狼在嬉戲。我發現小弗拉狄米爾偶爾會把手指放進嘴裡吸，就像所有孩子那樣。我知道父母有各種方法讓孩子改掉這種習慣，像是把手用布包起來，或是給他咬奶嘴。我將此告訴阿納絲塔夏，而她回答：

「別擔心，這對他有很大的幫助。兒子在嚐手指上的花粉。」

「花粉？哪一種？」

「花和草的。他會用手去摸花草。昆蟲偶爾會爬到他的手上，牠們的腳上也帶有花粉。你看，兒子皺眉了，還把手指拔出來，表示他不喜歡某種草上花粉的味道。他現在低著頭，想把花放進嘴裡試味道。就讓他這樣吧，讓他嚐嚐宇宙的味道。」

「宇宙和小花！？兩者有何關聯？還是這只是種假設？」

「世界上的所有生命都和宇宙有關。」

「但怎麼會有關？關聯何在？從哪看得出來？有儀器可以測嗎？」

「不需要儀器，只需要用靈魂，就能一次又一次地看見並明白每天用肉眼看得見的東西。」

「可以舉例說明，用靈魂能看見什麼、明白什麼嗎？」

「以太陽為例，一個離我們很遙遠的宇宙星球，卻能在升起時，以光線接觸花兒，讓花兒開心地綻放。兩者雖然距離遙遠——一個是巨大的發光體，一個是渺小的花朵——卻是緊緊相連，不能沒有彼此。」

阿納絲塔夏突然不講話，仰頭望著天空。我跟著抬頭，發現空地上方有隻很大的老鷹在盤旋——我曾在動物園看過類似的老鷹。老鷹盤旋的高度越來越低，然後在離兒子約兩公尺遠的地方，突然以爪子落地。飛行的慣性讓牠前進了一小段路，接著牠振一振羽毛，傲氣十足地站在草地上。

母狼戒備地豎起身上的毛，但是並未攻擊在空地中昂首闊步的老鷹。

孩子變得異常興奮，坐著的他……太不懂事了！他竟然把手伸向可怕的老鷹那邊。

老鷹慢慢地走近孩子，鉤形的鳥喙就在他的頭上，而他完全不覺得危險，摸起老鷹的羽毛和腳上的爪子，還邊笑邊打老鷹的胸膛。

老鷹忽然用牠巨大的鳥喙碰了孩子小小的頭，一次又一次地，似乎在找什麼。老鷹接著走到另一邊，張開雙翼揮動幾下，稍稍飛離地面後再度落地。孩子將手伸向這隻巨大的猛禽，嘴裡還發出「ㄟ」、「ㄟ——」的聲音。

突然間，老鷹……老鷹繞到孩子背後，旋即衝刺起飛！牠在空地上方低空盤旋，接著俯衝而下，用爪子抓起孩子的雙肩。銳利的鷹爪並未刺入肉體，而是鉤住孩子的腋下。老鷹開始振翅在空地上方低空盤旋，想把孩子帶離地面。

孩子揮動拖在草地上的雙腳，有時離開了地面一些些。他雙眼瞪得大大的，時而燃起興奮的光芒。接著他們……突然飛起來了！孩子雙腳一蹬，加上老鷹同時振翅，他們真的離地一公尺了！

老鷹帶著孩子盤旋而上，但孩子並沒有哇哇大叫。他們一起飛往天際。

老鷹帶著他飛過高大的雪松樹梢，繼續往更高的地方飛去。

我嚇得啞口無言，抓著阿納絲塔夏的手。她則是緊盯著天空，嘴裡唸唸有詞：「你還是如此健壯，太棒了！雖然年紀大了，仍然老當益壯。用你強壯的雙翼高飛吧！飛得更高吧！」

用爪子鉤著嬌小身體的老鷹不斷盤旋，往湛藍的天空越飛越高。

「為什麼要這樣對孩子？為什麼要讓他這麼危險？」才剛從驚訝中回神的我，對著阿納絲塔夏大吼。

「弗拉狄米爾，請別擔心。老鷹飛翔沒有像你坐的飛機那麼危險。」

「如果牠半途放開孩子，該怎麼辦？」

「牠壓根兒不會有這樣的念頭。你放輕鬆點，不要讓害怕或懷疑進入你的思想。老鷹帶兒子飛行，對他的認知有很大的意義。你看，老鷹把孩子帶到了地球之上。」

「除了是妳迷信，還會有什麼意義？我同意人類不應干涉偉大的創造，但這種飛行不是祂預設的，是妳和妳爺爺自行訓練老鷹的。如果不是出於迷信，還會是什麼？沒有必要如此冒險！」

「當我還小的時候，老鷹也這樣帶我遨翔天際。當時我還不是很理解，只是覺得有趣極了，那是個很特別的經驗。從天空看，空地變得好小，地球變得好大，無邊無際，一切都好耀眼。這個特別的經驗深深烙印在我的心裡，足以讓我記得一輩子。當我長大了一點，三歲的時候，曾祖父曾問我：

『阿納絲塔夏，跟我說，所有動物都喜歡妳的撫摸嗎？』

『對啊，全部都喜歡。牠們會搖搖尾巴，表示非常喜歡被摸。還有小草、花兒和樹木也都喜歡，只是它們沒有尾巴，沒辦法表示自己有多喜歡被摸。』

『所以說，萬物都想感受妳雙手的擁抱嗎？』

『是的，所有大大小小有生命的、生長中的都是。』

『這麼大的地球也想要妳的撫摸嗎？妳曾看過地球，看過它有多大？』

「我清楚地回想起小時候和老鷹的經驗。地球的龐大，我不是聽來的。我毫無猶豫地回答曾祖父：

『地球大到看不到盡頭。如果萬物都希望有人撫摸，表示地球也想要。可是誰能擁抱整個地球呢？地球大到連你的手都不夠長了……。』

「曾祖父張開雙臂，看看後點頭，同意我說的：

『是啊，我的手的確沒有長到可以抱住整個地球，但妳剛說，地球想和萬物一樣被人撫摸？』

『是的，萬物都希望有人撫摸。』

『那妳就得擁抱整個地球，想想看怎麼做到吧！』說完曾祖父就走了。

「我之後常常思索如何擁抱整個地球，卻怎麼也想不到。我知道在我想出辦法之前，曾祖父是不會再和我說話、不會再問我任何問題的，所以我努力地想。

過了一個多月，我仍然沒有答案。就在某一天，我從遠處溫柔地看著空地另一頭的母狼時，牠竟然因為我的注視而搖起尾巴來。我隨後慢慢發現，當我對動物投以愉悅且溫柔的眼神時，牠們一律會感到十分高興。距離和動物的大小都不重要，只要帶著愛意看著或想著牠們，就足以讓牠們開心。我發現，牠們和我之前用手摸的時候一樣開心。那時我也明白了，除了一個有手有腳的『我』以外，還有另一個大到沒辦法用手比的『我』。這個巨大、看不見的存在也是『我』。也就是說，每個人的構造都和我一樣，所以整個地球能被這個巨大的『我』擁抱！

「曾祖父走來時，我滿是歡喜地告訴他：

『你看，動物不只在我撫摸牠們時會開心，就算遠遠地看著牠們也是這樣。一個看不見但屬於我的東西在擁抱牠們，而這也可以擁抱整個地球。我要用這個看不見的「我」擁抱地球！我是阿納絲塔夏，我有一個小小的「我」，還有一個大大的「我」。至於要怎麼稱呼，我現在還不知道，但等到我想到答案，我會告訴你的。你到時就會和我說話了嗎？』

「曾祖父立刻就和我說話：

『曾孫女啊，就把第二個自己稱為「靈魂」，妳的靈魂！妳要守護它，跟著妳無邊無際的靈魂行動。』

「弗拉狄米爾，跟我說，你從幾歲開始能夠察覺、感受到自己的靈魂？」

「不是很清楚。」我一邊回答，一邊在想自己是否真的認識過自己的靈魂，或是有人感受過自己的靈魂。是在幾歲？有多瞭解？或許我們只會空談靈魂，卻沒有感受到它的存在，從未思考那個看不見的第二個「我」。感受靈魂很重要嗎？為什麼要這麼做？

空中移動的小點開始迅速地變大，老鷹回到空地的上方盤旋。當牠飛到樹梢下方時，我看到孩子紅潤的臉蛋，大大的雙眼滿是興奮。他在那隻特別的鳥兒下方敞開手臂，十指跟著牠的翅膀一起擺動。孩子的雙腳落地，在草地上滑行，老鷹同時張開爪子。孩子落地後翻了一圈，再迅速地用四肢撐起身子坐著，並轉頭尋找他剛剛認識的朋友。

一旁的老鷹踉踉蹌蹌，最後往一邊倒在地上。牠笨拙地躺在離孩子約十公尺的草地上，一邊的翅膀凸了出來。牠的頭靠在草地上，呼吸上氣不接下氣。

孩子看到牠之後，露出笑容爬了過去。老鷹使力在他面前站起來，卻又往旁邊倒下。這時母狼齜牙咧嘴地躍進兩步，來到孩子和老鷹中間。阿納絲塔夏語氣激動地低語：

「造物者，祢的法則是如此周全、嚴格，最初就把一切給了人類。母狼遵守著祢的法則，但我為老鷹感到難過，非常地難過。」

「怎麼了？為何母狼要發怒、如此兇狠？」我問阿納絲塔夏。

「母狼現在不讓老鷹靠近小弗拉狄米爾，因為牠看到老鷹倒在一旁，覺得牠生病了。牠可能會攻擊，並將老鷹趕離空地。這不能讓孩子看到，他現在不會懂的。噢，該怎麼辦？到底怎麼辦才好？」

這時老鷹突然一振，雙腳穩穩撐起身子，高傲地抬起頭，牠嚇人的鳥喙發出了兩次咔噠聲，接著堅定又高傲地走向孩子。母狼鎮定下來，退到一旁，但是沒有離太遠，隨時準備往前衝。牠不停地觀察老鷹的一舉一動。

孩子先碰了碰這隻巨禽的鳥喙，然後伸手拉牠的羽毛、摸摸翅膀，嘴裡重複發出「ㄟ」

和「啊」的聲音，似乎在拜託或請求什麼。

老鷹用鉤形的鳥喙碰了孩子的頭頂，以及留有爪痕的肩膀。牠接著從地面叼起一朵小花，趁著孩子發出聲音、張大嘴巴時放進去，像是在餵幼鷹那樣餵食這個人類小孩。牠的身子又開始搖搖晃晃了。兇猛的母狼正準備一躍而上，這時老鷹突然起跑……拍了拍翅膀……然後起飛！

越飛越高的牠猛然往空地俯衝，但在離地面一點五公尺時，轉而平飛，接著又往上。孩子露出沒有牙齒的微笑，對牠揮手並伸手叫牠。阿納絲塔夏的視線緊緊跟著老鷹，語帶緊張地低咕：

「你不需要這樣。你每一件事都做得很好。我知道你很健康、沒有生病。休息吧，好好休息吧。謝謝你！我相信你很健康！只是比較老了。休息吧！」

老鷹又做了一次複雜的旋轉，同時用爪子從地上抓了些草。然而，牠還是沒有落地或蹬開地面，而是在抓起小草後奮力振翅往上。牠在空中飛了一圈，將小草灑在孩子身上，然後越飛越高、直衝天際。阿納絲塔夏仍緊盯著老鷹，即使變成了一小點還是目不轉睛。我不知為何地跟著她看，看著一個小點飛離空地，最初直直往上飛，接著猛然轉向。那個小點卻突然往下墜落，不久後就看到一邊的翅膀……兩邊的翅膀被風吹起，但不是老鷹特意這樣。

老鷹沒有揮動翅膀，也沒有滑翔，只是不停地墜落。牠的雙翅在風中顫動——牠翅膀張開來是因為風的關係。

阿納絲塔夏感嘆：

「你在高高的天上離世了！你留在那兒了。能為人類做的你都完成了，謝謝你……。謝謝你讓我們看到你的高度，我年長的恩師！」

老鷹墜落的同時，上方盤旋著兩隻年輕的老鷹。

「你的小孩已經長大，你也為他們的未來做盡了一切。」阿納絲塔夏對著掉落在空地之外某處的年老老鷹低訴，彷彿牠在死後還能聽到一樣。

兩隻壯鷹在空地上方低空盤旋，我知道牠們是牠的小孩。孩子對牠們揮了揮手……。

「到底為什麼要做這種無謂的犧牲？為何牠要這樣？都是為了人類嗎？牠們的目的是什麼？為什麼要這樣犧牲自己？」

「為了人類散發的光線，為了人類能夠給予的恩惠，也為了給牠們的孩子希望。牠的後代現在會看見，會感受到人類為萬物帶來生命的愛之光！弗拉狄米爾，你看！我們的孩子在對年輕的老鷹微笑，現在牠們要飛向他了。老鷹或許已經明白，自己的粒子將會留在人類散發的這種光線中——充滿恩惠的光線。」

「動物難道會為所有人散發的光線這樣犧牲自己？」

「會為了所有能散發滿滿恩惠之光的人犧牲！！！」

16 制度

阿納絲塔夏到一旁準備哺乳，我則在森林裡邊散步，邊想事情。

有兩件事情令我相當不悅，第一，我雖然身為父親，卻完全無法在兒子的教育中找到自己的定位。我知道自己找不到比兒子已經有的還好玩的玩具，而且替他帶食物也沒有意義了。

母乳、新鮮的花粉，之後還有堅果和漿果……綜合嬰兒食品當然無法取代有生命的食物，我卻還是難以接受眼前的事實：阿納絲塔夏一無所有，卻什麼都不需要，還能保證孩子衣食無缺。

我在電視上看過很多玩具、嬰兒用品的廣告，好像孩子缺少這些就無法生存似的。然而，這些東西在這裡都沒有意義，甚至對孩子有害。這裡連嬰兒床都不需要。當然，如果把熊當作嬰兒床，即使零下四十度也不會凍僵。這裡不用清洗床單或尿布，而且母熊很愛乾淨！牠每次都會用熊爪，像梳子般梳理腹股溝。牠會在草地上摩擦身體，然後泡進水裡；出水後會甩動身體，讓水珠四處飛濺。接著躺著讓腹部朝上好晾乾身子，之後又重新梳理自己的腹股溝。

阿納絲塔夏帶我到了熊的面前，讓我去摸孩子睡覺的地方，那裡真是柔軟、乾淨又溫暖。

然而，即使我完全不用提供任何物品，父親終究得參與孩子的教育呀！這可是天經地義的事情，只是要怎麼做？或許我該向阿納絲塔夏強求一個答案？畢竟我已經達成她的條件了——既沒有抱起孩子，也不堅持她用我帶來的禮物。

第二個讓我沮喪的事情是，我現在無法達成讀者的請求，描述撫養小孩的具體制度。信裡問了很多關於孩子的問題，在讀者分享會上也總是會被問到同樣的問題。我先前保證會問阿納絲塔夏，並要在下一本書中寫她的家族代代相傳的養育制度。這下可好了！她不但否認有任何制度，還說任何制度都對孩子不好。這當然不太可能，在這些不當的制度中，總有一個是對的吧。我突然發現，讀者在信中和分享會上提出的養育問題，都不是要問我的，而是想請阿納絲塔夏回答。如果大家比較相信她的話，勝過社會上的一般專家、勝過我，那就讓她去回答這些問題吧。這是她的義務，而我的任務只是在書中寫出來。況且，出書已經讓我夠操心的了。

阿納絲塔夏忙完後，高興地跑了過來，雙頰還泛著紅暈。

「都安頓好了，孩子睡了。你自己一人不無聊嗎？」

「我在想事情。」

「什麼事情？」

「煩惱沒有東西可以寫。我和妳說了，讀者想要妳回答某些問題，他們想知道關於撫養小孩的事情。可是我能寫什麼？我當然可以寫妳和孩子溝通的方式、孩子的生活，但這有何意義？這在我們社會是行不通的，沒有人會訓練熊、狼或老鷹，而且也不會有林間的空地，可以採集乾淨的花粉。」

「但重點不是熊，弗拉狄米爾，更不是老鷹。牠們都只是結果，還有更重要的，能讓人在任何條件中找到自己的路。」

「什麼更重要的？」

「對孩子的態度、圍繞在孩子身邊的思想。請你相信我，試著去理解。基督的誕生，只有在母親相信會生出基督的情況下才能如願。假使父母像對基督或穆罕默德般對待孩子，那麼孩子便會受到這種思想的薰陶，進而成為那樣的人。人類還是會走進大自然，而只要能體悟並感受造物者的創造、其意義和目的，就能為自己的孩子打造一個光明與幸福的世界。」

「但要怎麼感受？這應該要循序漸進，要有方法吧？」

「只有用心才能感受，只有心可以瞭解。」

「具體而言？」

「你在寫夏屋小農時就很具體了，只是你沒發現而已。何必再浪費唇舌呢？如果沒有打開內心與靈魂，話語就只會隨風而逝、消失殆盡……。」

「我是寫過，但沒有一件事有為生活帶來改變。」

「幼苗很難察覺，不是每個人都能馬上看到。心中長出的幼苗更是如此。」

「可是如果看不到，寫了又有什麼意義？我很努力寫書，卻還是有很多人不相信、不明白妳所說的，甚至有人懷疑妳根本不存在。」

「弗拉狄米爾，你想一下，或許你能在他們的懷疑中看出一點道理。」

「懷疑哪能有什麼道理？」

「懷疑比較不會導致抵抗的行為，那就是為什麼我存在，為了某些人；為了這些人，我存在。我和他們在一起，就在彼此身邊，也在彼此的心中。你再想一下就會明白。我因為他們而存在，他們有創造的能力，不會去破壞。他們會瞭解你、支持你，他們的精神將與你站在同一邊。」

「隨妳怎麼說，我受夠這種侮辱的言論了。請妳讓懷疑的人相信吧，去上電視展現妳超乎常人的能力。」我如此請求阿納絲塔夏，而她回答：

「弗拉狄米爾，相信我。我的現身、在大眾面前展現奇蹟，並不會為不信的人投射相信的光芒。他們只會對和他們世界觀不同的人產生更多敵意。你不應該浪費精力在他們身上，凡事自有順序、開端。我可以如你所願地在人群中現身，但在那之前，我要先讓非出於自願把生活奉獻給廚房的女性，能夠看見其他的喜悅；讓愛的光線照亮每個獨立撫養孩子的年輕媽媽；還有孩子！你明白嗎？孩子呀！他們的靈魂不能再被各種理論荼毒了⋯⋯。」

「噢，妳又在做夢了。時間都過了這麼久，實現的卻僅有那麼一丁點。書籍、繪畫、詩歌都有了，但妳對全人類的貢獻在哪裡？不要只會說人類心中長出了光明的幼苗，請告訴我能具體看到、感受到的東西。妳有能力證明嗎？不能吧！」

「我可以。」

「那就證明給我看！」

「如果我說了，就會讓你產生揠苗助長的衝動，那誰來保護幼苗不受冰雹的猛烈破壞呢？」

「由妳保護。」

「如果真是這樣，我是應該這樣做來彌補我的過錯。仔細看吧！」

多虧阿納絲塔夏，我看到一個比我前幾本書更奇特且震驚的景象。在我腦中或在我眼前（不確定是哪個）瞬間出現好多美麗的臉孔。他們年紀各不相同，來自世界各地。這些臉孔不是稍縱即逝，我也看到了他們所做的美好事物。我看到他們周遭的情境——他們一生中遇到或因他們而起的事情。他們來自我們目前的現實環境。如果在電影院要看完這麼大量的資訊，大概得花上好幾年，但在這裡只花了短短的一刻。阿納絲塔夏又出現在我面前，姿勢和剛才一模一樣。她在我看到她時旋即開口：

「弗拉狄米爾，你可能覺得自己看到的只是一種催眠。但拜託你，請不要去想他們是如何出現在你眼前的。我們講的是孩子，這才是重點！告訴我，你有看到孩子嗎？」

「看到了，他們的臉看起來聰明又善良。他們自己在蓋又大又漂亮的房子，還一邊工作一邊唱歌。他們之間有位頭髮灰白的人，他是位院士。我一下就看出他學識淵博，只是講話很奇怪。他似乎認為孩子能比擁有學者身分的人還聰明。這群孩子和這位灰髮的院士說話時平起平坐，同時仍帶有尊重。我確實看到很多孩子，看到他們奇特的學習和夢想，但這只是影像而已，可以證明什麼？現實完全不是這樣。」

「你看到的就在現實中呀，弗拉狄米爾。你很快就會相信的。」

果不其然，一切的確如此。真的有這麼一回事！我親眼看到了！

17 實現幸福的願景

從泰加林回來後不久，我又去了一趟格連吉克，參加讀者分享會。克拉斯諾達爾邊疆區的格連吉克代理區長，帶我參觀了謝琴寧[7]院士創辦的森林學校。

一條狹窄的碎石子路從幹道岔入森林，通往隱於群山之間的小山谷。小路很快就到了盡頭，眼前是一幢還沒蓋好的奇特雙層建築。其中一扇沒有窗框的窗戶，傳出孩童的歌聲，唱著俄羅斯民謠。我之前在森林裡，在影像中看到的建築，如今卻真真實實地出現在我眼前。

我沒有和任何人打招呼，而是逕自繞過各種建材，想親手接觸這棟建築。當我正要靠近時，我看到一位年約十歲的小女孩，敏捷地爬下梯子，走向溪石堆，挑著石子放進沙丁魚罐頭。我隨後跟著她爬上梯子，朝著樂聲悠揚的方向走去。我在二樓看到一群年紀與她相仿的孩子，還有一些年紀大一些的。他們從盒中拿出光滑的石子，一一貼上水泥牆面，構成一幅令人驚豔的圖案。兩個小女孩隨即拿起濕抹布，小心翼翼地擦拭貼在牆上的石子。他們非常投入，還一邊哼著歌兒。這裡沒有大人。我後來才知道，這棟建築和地基都是由孩子一磚一瓦所砌成，房子的每個角落都是由他們自己設計的。

在不大的校園中，這不是唯一的建築物。孩子在這優良的環境裡親自建造房屋、校園，更打造自己的未來。他們還喜歡唱歌！在這裡，十歲的小女孩就會蓋房子、畫畫、煮飯、跳交際舞，還會俄羅斯武術。

森林學校的孩子知道阿納絲塔夏，他們親口告訴我關於她的事，他們都認識阿納絲塔夏。這裡有三百位孩童，來自俄國不同的城市。

他們只要一年就能學完十年的正規數學課程，同時還學習三種外語。這裡不特意篩選或培養天才兒童，而是單純地讓孩子發掘自己內在固有的潛能。

謝琴寧學校隸屬於俄國教育部，不收任何學費。即使不打廣告，學校仍是一位難求，而

---

7 全名為米哈伊爾·彼得羅維奇·謝琴寧（Mikhail Petrovich Schetinin，1944-），俄羅斯教育學院院士，一九九四年在克拉斯諾達爾邊疆區（Krasnodar Krai）泰克斯村（Tekos）創辦實驗寄宿學校。

且已經有兩千五百人在等待不知何時會突然空出的名額。

孩子臉上洋溢的幸福神情實在難以言喻。我在格連吉克的讀者分享會一結束，就和一些也想跟著參觀的讀者一同前往這所學校。

其中的娜塔莉亞．謝爾蓋耶夫娜．邦達爾丘克，是一位厲害的導演兼演員，還是列里赫協會[8]的理事。從事神秘學研究的她在分享會上，講了有關列里赫和神秘學的資訊，對阿納絲塔夏的描述更是比我詳盡。與娜塔莉亞隨行的是她十歲的女兒瑪申卡，她們原本打算在分享會後參加阿納帕市的電影節，因為瑪申卡最愛的奶奶、同時也是知名演員的茵娜．瑪卡羅娃就在那裡。然而，瑪申卡有如恍然大悟，話語像閃電般突然迸出：「媽媽，拜託只要三天，三天就好！妳去電影節的時候，讓我待在這所學校。」嬌滴滴的瑪申卡就在學校待了三天，結果居然讓母親大吃一驚。她難過地和我說：「我們給孩子的顯然非常不足。我們雖然愛孩子，卻也無意間剝奪了許多東西。」

娜塔莉亞身旁跟著一位攝影師。謝琴寧學校的孩童在描述自己與阿納絲塔夏的交流，以及對生命的理解時，他便拿起攝影機開始拍攝。以下是我們與幾位蓋房子的孩童之間的對話，由我和娜塔莉亞提出問題：

「你們的建築讓人感受到，一磚一瓦都充滿著巨大的光明力量。」

「的確如此。」其中年紀較大的紅髮女孩回答，「這和接觸的人有很大的關係。我們是帶著愛去完成這一切的。我們很用心，只把美好和幸福帶進我們的未來。」

「是誰設計這棟建築、樑柱和壁畫的？」

「是我們集思廣益。」

「你是說，雖然大家看起來各忙各的，其實卻是一起計畫嗎？」

「對，我們每天晚上會在營火旁聚會，一起計畫並設想隔天的工作，思考房子未來的樣子。有些同學負責建造，實現並結合我們共同的計畫。」

「我們現在所在的房間是什麼主題？」

「斯瓦羅格[9]——天火的起源，您可以從符號和守護石看出祂的形象。」

---

8 列里赫協會（Roerich Society）由俄國東方宗教學家葉列娜・列里赫與其夫尼可拉・列里赫成立，致力研究並推廣與人類創意及靈性相關的藝術和文化。第一集第二章〈鳴響的雪松〉曾提及列里赫的著作《活的倫理》。

9 斯瓦羅格（Svarog）是俄羅斯與斯拉夫神話中的火神，同時也是創造宇宙的眾神之首。

「你們之間會分誰是班長、誰的地位比較高嗎？」

「我們有領袖，不過主要還是集思廣益，我們將此稱為『熔岩』。」

「什麼？像熔岩那樣？」

「對，一種狀態、形象或期望。」

「你們每個人都心甘情願地工作嗎？所有人都會帶著笑容，雙眼散發幸福的光芒？」

「沒錯，我們的生活就是這樣，因為我們做自己想做的事、能做的事，以及做喜愛的事。」

「妳說每塊石頭都有自己的脈動、節奏？」

「對，它一天會跳一次。」

「所有石頭都是這樣嗎？還是有些會跳兩次？」

「所有石頭的脈動一天都只會跳一次。」

「你不覺得這棟房子像一座教堂嗎？」

「教堂並非外型，而是心境。舉例來說，穹頂只是用來幫助您進入某種心境，外型則是由感受而生。我們做出穹頂和尖頂的形狀不是巧合，那代表的是我們對上天的期望、天堂恩惠的降臨。」

「這裡的每一塊石頭都來自善意的雙手，那麼房子會因此具有療癒力嗎？」

「當然。」

「真的可以療癒人？」

「真的可以。」

我忍不住一直盯著把溪石貼上牆壁作為裝飾的幾位女孩，她們穿著相當樸素，不是時下流行的款式，卻散發著一種出眾的美。我於是心想：「我們都在哪裡認識我們未來的妻子呢？不外乎是舞廳、派對、渡假村吧。我們看到我們未來的妻子精心打扮、穿著時尚，以纖細的美腿和其他迷人的外型勾引我們。我們因為這些而結為連理，但之後當對方卸了妝，你看到坐在面前的她卻成了虎姑婆，發牢騷地索取你的注意力和愛。和虎姑婆生活一輩子還有什麼幸福可言？能和她聊什麼？她甚至要你供應她的物質所需。唉，真是不幸！但或許這是我們罪有應得？是啊，我們活該。與化妝品和長腿結婚，不是愚蠢至極還會是什麼？不過有些人很幸運，可以與這裡裝飾牆壁的女孩結婚。她們能蓋出美麗的房子、帶著愛燒飯做菜，還會多國語言，既有智慧、聰明又漂亮。即使不化妝，長大後依然會更加美麗。自然會有很多人想娶她們為妻，但她們會答應哪種人呢？」
於是，我向這些穿著樸素的漂亮女孩問了這個問題：
「可以告訴我，妳們會嫁給哪種人嗎？妳們的丈夫會是什麼樣的人？要有什麼特質？」
一位女孩不假思索地搶先回答：
「善良、有耐心。他必須是一個愛家鄉的人，要有榮耀和尊嚴。」
「妳覺得什麼是榮耀？」
「對我而言，榮耀可用一句話總結，就是『我以身為俄羅斯人為榮』。」
「什麼才是『俄羅斯人』？」
「就是愛自己家鄉的人，而且要為家鄉挺身而出，永遠不讓家鄉失望——無論何時，就算再困難的時刻也是如此。要覺得自己是偉大羅斯的一份子。」
「妳的孩子也會為了家鄉而活嗎？」
「對！」
「也就是說妳的丈夫也應該和妳有一樣的想法囉？」
「沒錯！」

第二位女孩這樣回答我：

「他要能給予別人溫暖和光線，如此才能對旁人好，也會對家人好。一個人富足的精神、健全的精神，是任何財富都比不上的。」

拍攝時，我沒能問到最小的女孩。她之後給了我這樣的答案：

「或許在我長大後，所有的好男人都結婚了，不過我的丈夫依然會是個善良又快樂的好人。我會讓他成為那樣的人，像阿納絲塔夏那樣幫助他。」

我四處觀察後，明白到阿納絲塔夏將自己的能力分享給這些孩子。那為什麼是謝琴寧學校的孩子呢？因為謝琴寧院士是位偉大的魔術師，不停地創造愛的空間，讓它成長茁壯。

她們現在是棕髮辮子的小阿納絲塔夏，但有一天會長大！她們會散佈在世界各地，打造這樣的綠洲，直到遍佈整個地球。

我站在這棟奇特建築的二樓房間，眼前的裝飾和繪畫雖是出自孩子之手，卻絲毫不輸給任何大師的傑作。我覺得自己好像來到了全世界最偉大、最光明且美好的教堂，因為房子的一點一滴都是孩子帶著滿滿的愛在呵護，使得它散發的光明能量比許多教堂大上無數倍。

我這時又想到，我們經常借助現代科技和鋼筋混凝土來重建年久失修的教堂和修道院，這早已不是難事。我們帶著盡一份責任的心態走進教堂，開始祈求上天：「主啊，請祢保佑。」然而，我們不會得到眷顧，因為這時神會把注意力放在這些孩子身上，看著他們蓋著有如教堂的奇特房子。祂會擔心孩子的水泥沒了，還是磚頭或板子不夠鋪地板。祂也會帶著愛保佑幫助這些孩子的每一個人。

我等不及要讓世界看到這些小小的幼苗，卻因此做出阿納絲塔夏先前擔心的事。事情是這樣的……。

我走在戶外餐桌之間的走道，有一些孩子在桌前工作。我忽然感到一股微微的暖意，彷彿是有人對著我拿熱反射器。這種溫暖的感受和阿納絲塔夏集中目光時所散發出來的類似，只是這個強度明顯弱了許多。我仍舊停下腳步，朝向散發溫暖的來源看過去。一位十一歲的女孩坐在邊緣的桌前挑米，她看著我並露出微笑。我坐到她旁邊，近距離看著她閃爍藍色光芒的眼睛。我感到更加溫暖了，於是我問她：

「妳叫什麼名字？」

「您好，我叫納絲佳。」

「所以妳和阿納絲塔夏一樣，可以用注視溫暖別人？」

「您感覺到了？」

「對。」

小納絲佳擁有阿納絲塔夏以目光溫暖別人的能力（雖然程度不同）。娜塔莉亞走到我們旁邊坐了下來，攝影師把機器打開拍攝。小納絲佳一點都不害羞，一邊繼續手邊的工作，一邊回答我們的問題：

「你們的知識和能力來自哪裡？」

「來自星星。」

「當妳和西伯利亞的阿納絲塔夏溝通時，妳獲得了什麼訊息？」

「瞭解並愛護家鄉很重要。」

「為什麼這很重要？」

「因為家鄉是由我們的家人和祖先共同打造的。」

「妳的父母是誰？爸爸在做什麼？」

「爸爸是老師，他任教的學校很好，不過這裡更好。」

「你們這裡像個幸福、親切的大家庭，那你們會不會因此忘記父母呢？」

「正好相反，我們反而越來越愛自己的父母，我們會向他們傳送美好的思想，希望他們可以過得很好。」

拍攝過程中，我實在很想請納絲佳讓那些仍心存懷疑的人看看，什麼是溫暖人的目光，於是我要求她：

「納絲佳，現在妳可以讓很多人看到什麼是溫暖人的目光。攝影機在那裡，請妳對著鏡頭，溫暖所有的觀眾。」

「要一下溫暖所有人，這太困難了，我恐怕辦不到。」

然而，我繼續堅持，不斷地要求她。接下來納絲佳所遭遇的，就和有一次阿納絲塔夏在泰加林裡遭遇到的一樣，那時她死命透過光線拯救遠方遭到歹徒折磨的男女（我在第一集中曾提到[10]）。

阿納絲塔夏在那時有先解釋：「這不在我能力範圍，可以說是原先就設定好的，不過不是我設定的，我不能直接干涉。現在它們比較強勢。」但在我堅持並不斷要求之下，她即使知道自己可能會因此喪命，還是照我的話做了。

納絲佳也在我的堅持之下開始嘗試。她連吸了兩口氣，中間沒有吐氣。她先閉上雙眼一下子，然後開始靜靜地盯著鏡頭。攝影師沒有出聲，而娜塔莉亞突然脫掉自己的頭巾，蓋住納絲佳的頭。她先發現納絲佳的身體開始顫抖，臉上沒了血色。我驚覺自己不應該一直要求她，沒必要白費力氣在那些不相信的人身上，這只會加深他們的反感。

來此參觀的大人都會忍不住摸摸孩子，像對小貓一樣撫摸、擁抱孩子，還會拍拍他們。既然如此，我為什麼還要帶這群大人來呢？畢竟我都知道這所學校常有各級委員、代表參訪，還有純粹出於好奇來參觀的散客，想要感受孩子散發的恩惠。他們在接觸並帶走這份恩惠後，卻什麼都沒有留下。或許阿納絲塔夏說得對：「在帶走聖地的恩典之前，先想想自己能回報什麼。如果你沒有學會發出光線，何必要帶走這份恩典，又將之埋葬在內心深處呢？」

我也是出於好奇來到這所學校。多虧了阿納絲塔夏，我受到謝琴寧院士的款待，還讓孩子為我們所有人準備盛宴。我們不僅享受了一桌的食物，孩子炯炯有神的雙眼更是讓我們回味無窮，反觀我們投以了什麼回報？以上對下的方式拍拍他們的頭？感到氣憤的我脫隊走到

10 第一集第二十八章〈堅強的人〉。

一旁，獨自站著思考這件事情。認識我的蓮娜和納絲佳突然走到我的身旁：

「您要放輕鬆點。」納絲佳小聲地說，「大人總是這樣，拍我們的頭，抱抱我們。他們覺得擁抱很重要。您從早上到現在都一副緊張的樣子，我們去一趟草原吧！我們和您講阿納絲塔夏的事情，我知道她目前在哪個空間！」

當我們走到草原，隨行的攝影師開口要求：

「我們再來採訪她們吧，你看這裡風景多美呀！一定能拍到很棒的鏡頭，而且不會有人干擾。」

「應該不必吧？我們已經問了很多，怕她們會厭煩。」

「但她們還是很願意和你聊天。能來這裡的訪客和記者不多，這可是千載難逢的機會呀，錯過就可惜了。請相信我的專業。」

我拿起麥克風，並告訴兩位女孩：

「我需要進行採訪，會問一些問題讓妳們回答，可以嗎？」

「如果你需要的話，就問吧。」蓮娜回答。納絲佳接著回答：「當然可以，我們很樂意回答。」

兩位女孩站到我們身邊，理了一下自己的棕色長辮子，認真地看著我的雙眼，等候我的提問。

我才問了兩個例行問題後就停了下來，驚覺這種標準化的老套問題，所有參訪的成人、委員和記者都一定問過了，而女孩早就能回答那種大人可能在一生中都不曾想過的問題。一位哈薩克村長說得對：「我的兒子在這裡才讀了三個月，我就已經覺得自己得趕緊再去學習，在他旁邊才不會顯得我很笨。」

我們不總是用愚蠢的問題看扁孩子，無意間向孩子暗示他們無法做得更好嗎？我拿著麥克風站在女孩面前不發一語。我從她們的臉上看出，她們在為我擔心，她們知道我一時分神、不知該怎麼問下去。我向她們誠實以告：

「我不知道要說什麼，要問什麼問題了……。」

接下來的情況非常好笑，我和攝影師兩個堂堂男子漢站在這裡，眼前是兩個活力充沛、互相扶持的孩子。她們毫不猶豫地向我們解釋該如何採訪、與他人談話：

「您要放輕鬆，要學會怎麼放鬆。說話時最重要的是真誠，說您有興趣的事情。」

「不用顧慮我們。當然談話時要為對方著想，但如果您覺得有困難，就不必了。放輕鬆就好了。」

「您只要發自內心地提問，我們都能回答的，不用顧慮我們。」

「要是您現在沒辦法提問，那就由我們自己跟您說吧……。」

她們走在草原上，臉上掛著笑容，一邊摸著小草，一邊說話。她們淵博的宇宙知識、從心中散發出的純真，以及閃耀著善意光芒的眼神，讓我們內心感到平靜與自信。攝影師沒有變換鏡頭，直接從遠處拍攝。我事後經常看著娜塔莉亞給我的錄影帶，看著這兩位淡棕色頭髮的小小魔術師走在草原上。她們終將長大成人！學校裡還有三百位像她們這樣的人！

我把這所學校寫進書中，並不是為了證明什麼，而是希望那些透過書去感受並瞭解阿納絲塔夏的讀者能夠開心。

如果您對我描述的內容和方法感到不滿，就請不要讀下去。我已經收到夠多的批評了，例如我的敘事風格、文法錯誤，甚至說我別有商業意圖。即便如此，我還是繼續寫我的下一本書。如果您不喜歡，最好不要再讀了，因為接下來的內容只會比前幾集更強烈，敘事風格也不會改善多少，總之會讓您更加不滿。

18 謝琴寧院士

他是誰？我們習慣透過傳記、服務經歷和稱謂來形容一個人，但在這裡通通不管用。聖經說：「……憑著果實就能認出他們來。」（馬太福音7:20）謝琴寧的果實就是那些臉上洋溢著幸福的學童和家長。他究竟是何方神聖？在列里赫協會（聯合國非政府組織）擔任理事的俄國榮譽演員娜塔莉亞，就曾這樣說過：

「我曾和各國許多知名的傳道者和導師交流，卻從未像在這裡一樣讓我難以忘懷。我們接觸的或許是一位偉大的賢者，但這不是因為他懂古老的吠陀經，而是因為他知道許多我們不懂的。」

我也想談談自己對謝琴寧的印象，但我不是教育專家，深怕會用錯定義，所以就盡量如實地轉述他所說的話。

娜塔莉亞、攝影師、謝琴寧和我，四人走在學校的走廊上，來到走廊之間，一座沒有用牆隔開的廳堂。桌子周圍坐了不同年紀的孩子，全都專心在做我們無法一時理解的事情。我們的出現和攝影機並未讓他們分心。一些坐著的孩子有時會起身離開往別處走去，然後再走回來；有時會走到掛在牆上寫有數字的板子那裡，或是若有所思地在大廳裡徘徊。有些孩子會彼此交談，和對方證明或解釋什麼。

「謝琴寧先生，他們在做什麼？」娜塔莉亞發問。

「你們眼前所見的，基本上是孩子在嘗試交流。如果交流順利的話，孩子可以在一年內學完十年的正規數學課程。這是他們的任務。如果孩子能和擁有相關知識的人交流，就能完成任務。重點在於他們彼此之間的關係有多開放。他們的場域結構能彼此交換資訊。俗話說『一見鍾情』，相愛的兩人只要三言兩語就能瞭解彼此。你都還沒開口，對方就懂了。你們可以看到，這裡的一切是為了讓孩子自由、不受拘束，他們可以無畏地提出任何問題、起身走動。關係的維繫很重要。

「關係的維繫不僅對孩子很重要，對活動的規劃者也是。因此，我們把剎車拿掉，也就是不強調年齡的差異，像是十五歲的伊凡旁邊坐著十歲的瑪莎，現場還有就讀大學的謝爾蓋，他今年就要畢業了。」

「那位即將畢業的大學生幾歲？」

「謝爾蓋今年將滿十八歲。」

「他十七歲就大學畢業了？」

「對，十七歲。但我們盡量不用年齡的概念，這點很重要。觀察一下，就會發現這裡的老師融入學生之中。沒錯，這是個特別的團體。無法參與房屋建造的孩子都在這裡，他們要學好十年的正規數學課程，然後把這些知識傳給正在蓋房子的同學。這樣是可行的，因為一個帶有互助、整合元素的系統正在他們的心中萌芽。

「我們祖源的記憶早已瞭解宇宙的機制，以及在宇宙空間中生活的方式，所以千萬不要以為孩子不懂。如果講解的人有這種想法，學生就會真的不懂了。講解者最基本的，是要與學生培養好關係，以利解決問題，使學習自然而然發生，而不是讓他們一心想著學習及背誦。不要讓學生覺得是有人在『教導』，而是和講解者一起合作，這中間不再有老師與學生的區分。

「在解決問題的過程中，會獲得必要的知識，但其實比較像是回憶過去所遺忘的知識。

如果你們還記得的話，這就是巴甫洛夫[11]所謂的『反射弧』：刺激—反應。如果有必要，就會有解決辦法。

「很重要的是，他們的行為要對旁人有直接的影響，且他們現在的學習不是為了自己。他們要把所知分享給別人，不去在乎分數。他們知道幾天後要向別人講解所學的一切。

「在學習的一開始，會有人指引他們。每個人都會被分派到組別，他們會觀察自己之後要分享知識的對象，關心他們建造房屋的狀況，也關心自己的小組不會落後。這裡相當強調『服務他人』的動機。如果說他們在學習什麼，他們其實是在學習瞭解另一個人的內心、志向和想法。數學並非重點，而是學習數學的人。學數學不是為了數學本身，而是為了更靠近真理。只要這種『為了什麼』的動機越強，就能更成功地進入知識的領域。

「有一個真誠的環境很重要，不會有人被冒犯或是激怒。這裡沒有『這樣不對』這種話。古俄文中沒有阻撓動作或不好的詞彙。古時候，不管是哪個民族的人，都不會對任何事物說出不好的詞彙。這種詞根本不存在，自然也沒必要去留意。當你走到死胡同時，其他人為了讓你找到出路，會說右轉、左轉、往上爬，提示你該往哪裡走，而不是直指『你走錯了！』讓你站在原地。現在，當說俄文的人說『請說俄文！』，實際上卻意指不堪入耳的辱罵之詞——可是這並不是俄文！科博杰夫[12]對此有很確切的見解：

我們斯拉夫祖先
在面對要事時，
總會特別敬重
所用言語及詞彙。

「這首詩寫得很確切，所以和他們共事的人要有淵博的詞彙，不輕易使用會使人分神的話語。由衷而發的溫暖言語，更是特別具有意義。

「真理，我們的遺產——都是具有靈性的。孩子必須參與自然的宇宙進程——永恆的自

11 伊凡．彼得羅維奇．巴甫洛夫（I.P. Pavlov，1849-1936），俄國生理學家、心理學家及醫師，因提出「古典制約」理論而著名。

12 伊格爾．伊凡諾夫．科博杰夫（I.I. Kobzev，1924-1986），俄國詩人及文學評論家，經常將俄羅斯和古斯拉夫歷史納為詩歌題材。

我再生，才能給他們永恆、生活的喜悅、真實的存在，而不是虛幻的形式，像是：『兒子，你看！我替你買了襯衫、褲子和鞋子……現在我可以安心死去了。』但你究竟給了孩子什麼？要知道你的禮物只能持續一季而已！要是能將自己的好名聲、榮耀、事業、朋友、繁盛的民族傳給孩子，要是能讓他瞭解存在的真理和生命的智慧，這時才能說：『兒子啊，我將最重要的東西給了你，你會過得很幸福。你可以買襯衫、蓋房子，你現在知道那是怎麼一回事了。』」

聽著謝琴寧院士的言論，觀察他與孩子之間的互動，我發現他們和阿納絲塔夏所說的很相似，這讓我相當驚訝：一個獨自在西伯利亞泰加林隱居的女人，和這位頭髮灰白的院士，為什麼兩人的思維會如此神似、幾乎一樣呢？為什麼他選擇和我交談？為什麼他如此款待我，還準備豐富的盛宴？帶我參觀學校，介紹那裡的一切。究竟是為什麼？難道我是教育界的大人物嗎？不，我什麼都不是，考試永遠只能勉強及格。當然，阿納絲塔夏這次一定又參與其中了。

我能參觀謝琴寧院士的學校，當然是多虧了阿納絲塔夏，但我們並沒有聊到她，反而聊了各種生活瑣事。每次來參觀的時候，我們都會到處走走，關心那棟有如教堂的奇特房屋蓋得如何。至於我寫的書，他只短短說了「寫得非常精確」一句，就沒再聽他談起。

在與一群分享會的讀者一同參觀學校，認識了納絲佳並要求她用注視溫暖大家之後，過沒幾天發生了這樣的事：當我和謝琴寧走在學校的走廊時，我不停地尋找她的身影，就像人會出於直覺尋找光源那樣。

「納絲佳的光線消失了。」謝琴寧突然開口，「我正試著讓她恢復力量。可以辦到的，只是不簡單，需要一點時間。」

「消失了？什麼意思？為什麼？她這麼健康，發生了什麼事？」

「是啊，她很健康，但她之前的情緒迸發過於強烈。」

我站在謝琴寧的辦公室，對自己感到厭惡與氣惱。我在幹嘛！？我到底是為了誰、為了什麼？只為了想要證明，就把阿納絲塔夏的話拋諸腦後：「我的現身、在大眾面前展現奇蹟，並不會為不信的人投射相信的光芒。他們只會對和他們世界觀不同的人產生更多敵意。」

「夠了！」我心想，「我不想再證明什麼，也不會繼續寫書了。到此為止，不寫了！」我這麼想著，但謝琴寧突然對我說：「弗拉狄米爾，不要停止寫作。」他走到我身旁，將手放在我的肩上，看著我的眼睛，並唱起歌來。這位灰髮的院士輕易地唱出高音，但更讓我驚訝的是他的曲調，居然與阿納絲塔夏在泰加林裡唱的類似。

當我準備離開學校時，經過了孩子來回走動的大廳。我看見納絲佳坐在椅子上，於是我走了過去。她起身並抬起頭來，她那些微疲憊的雙眼瞬間發亮，散發出光線與溫暖。我明白她是在給予自己的能量與溫暖，毫無保留地給予一切，為的是要幫助這裡的阿納絲塔夏、西伯利亞的阿納絲塔夏，還有她的夢想——這已經是她們共同的夢想。究竟是怎麼一回事？這個夢想究竟有什麼樣的力量？為什麼她們……能夠完全奉獻……還有這個孩子的注視……一生中能有機會配得上這種注視嗎？即使只是部分配得上？

我對她說：「妳好，納絲佳。」但心裡卻想：「納絲佳，妳大可不必這樣。謝謝妳，請妳原諒我……。」

「我送您吧。我和蓮娜送您上車。」

她們站在小路盡頭，在屋旁的路燈下向我道別，我在車上看著她們越來越小的身影，直到車輛轉彎為止。她們道別時不是揮手，而是舉手並將掌心朝著駛離的車輛。謝琴寧曾和我解釋過，所以我知道這個手勢代表「我們送你善意之光，願它與你如影隨形」。我又開始反覆思索：我該做些什麼，才能配得上你們的光線？

19 認同什麼？相信什麼？

我是在第二次見到阿納絲塔夏之後，才認識謝琴寧院士，並參觀他那所與眾不同的學校。從那之後，我幾乎沒有再懷疑她對撫養小孩的看法，以及她與兒子的溝通方式。雖然當時在泰加林裡，我一心只想反對她，不想相信她的看法——至少不願全盤接受。

在寫下這些段落時，我能想像很多讀者會大聲吆喝或喃喃自語地說：「他怎麼還是不信啊？他好幾次到最後都不得不承認阿納絲塔夏是對的，可是他還是像個蠢蛋，無法體會新的現象。」

我的女兒波琳娜寄給我一場讀者分享會的錄影帶，我看到一位名為斯佩蘭斯基的新西伯利亞學者，直接在台上說：「米格烈無法完全瞭解阿納絲塔夏在說什麼，他對此毫無慧根可言。」

我並沒有因此生氣，反而覺得他的演講相當有趣，讓全場觀眾屏氣凝神地聆聽。而且多虧了他，我才理解到阿納絲塔夏是本質，是自己自足的實體。

他們還能說我什麼呢？我之前一直是在做其他的事，但為什麼那些研究地球或兒童的學者都沒有出聲？要不就吱吱咯咯，幾乎聽不見？就連小朋友也會寫信給我，要我多關心阿納絲塔夏的言行。

但親愛的讀者，我能向各位保證，我現在已經更關心她了，只是我實在忍不住與她爭辯、質疑她所說的話，因為我不願覺得自己或整個社會都是笨蛋，更不願相信我們正在走回頭路，所以我才會想辦法為我們的行為辯解，或是想要證明她的世界觀不適用現代社會。只要我還有力氣，我就會繼續這樣。畢竟如果不這麼做，就得承認她是對的，而且還必須接受我們現在處境悲慘的事實。況且如果承認真有地獄存在，就表示我們正在為自己鋪上這條路呀。就拿撫養小孩這件事來說吧，我不僅是在說我自己，還有情況類似的所有人——我想應該很多。

我在學校是個平庸的學生，只要考試不及格，父親就會懲罰我。這可不是禁足、不能出去和朋友玩，或不買玩具給我這麼簡單而已，而是更嚴厲的——是恐懼，比皮帶還可怕的恐懼：我一直害怕會有更嚴厲的懲罰。上講台就好像是走上斷頭台，我也常常撕掉成績單。

學校時光多快樂，
與書籍、筆記本、歌曲為伍，
時間匆匆飛逝，
一去不復返。
時間真的不著痕跡地溜走了嗎？
不，永遠不會忘記
我們的學校時光。[13]

還記得他們灌輸我們上學多美好的歌詞嗎？真是洗腦呀！但我們也記得（尤其是考試勉強及格的學生，畢竟我們佔大多數），每次一放假，我們就興奮地把最討厭的書包扔得遠遠的。

上學在孩子眼裡怎麼會快樂呢？他們這種年紀喜歡活潑亂跳，卻被要求坐著四十五分鐘

13 此歌寫於二十世紀下半葉的蘇維埃社會，當時幾乎所有的學童都必須學唱。

幾乎不能動，坐姿還有嚴格規定——雙手要放在書桌上。這只有沉默寡言、動作慢吞吞的學生受得了，但天生活潑好動、個性衝動的學生哪能坐得住呢？要知道在這種一體化的制度下，所有人形同毫無分別的機器人——「乖乖坐好，否則……。」

小朋友坐好，努力撐了四十五分鐘，接著是十分鐘的下課，之後又是四十五分鐘。就這樣過了一個月、一年、十年之久，唯一的辦法就只有服從。這等於是接受一生都得不斷服從的這個事實：按社會的規矩生活、依他人的期待結婚、一聲令下就得趕赴沙場……別人說什麼就信什麼。

願意服從的人只要身體健康，就很容易受到擺佈地去完成各種工作；之後會開始喝酒嗑藥，可是這難道不是因為他們想暫時拋開枷鎖，不想再服從連自己靈魂和內心都不明白的事情嗎？上學的時光根本不會匆匆飛逝，而是以四十五分鐘一點一滴地折磨你。

我們的曾曾祖父、曾祖父、父親，以及現今的我們，都認為孩子當然什麼都不懂，然後以「為你好」的名義對孩子施予暴力。所以我們現在的孩子——伊凡、尼古拉、沙夏和瑪麗亞[14]——還是都要上學。現在的我們和幾百年前的祖先一樣，都覺得是為了孩子好，才會送他們上學，讓他們追求知識和真理。應該到此為止了！現在讓我們好好思考吧。

回想革命之前[15]，曾祖父那輩從小就坐在書桌前，老師教他們宗教、歷史和生活常規。只要有人背不熟或不想接受既有的世界觀，老師就會嚴厲地拿尺敲他們的頭或打手心，說這是為了他們好。

接著在革命展開之後，大人一夕之間認定學校灌輸孩子的都是胡扯。所有的舊制度都被拋出教室，開始灌輸新的東西，像是宗教一無是處、人從猴子演化而來、繫上紅色領巾、排好隊伍、朗誦詩歌、歌頌共產主義等等。少年先鋒隊[16]聲嘶力竭地歌頌共產、朗誦詩歌、敬愛長輩：「親愛的祖國，謝謝您賜予我們快樂的童年！」無獨有偶，只要有人沒有盡力，就會被剝奪權利、挨打，或是受到公開譴責。

然而，在我們眼前的這個世代，突然又有新的指示：紅色瘟疫降臨了，把領巾丟掉；共產主義帶來的只有恐怖與虛偽；人從猴子演化而來？根本是無稽之談！我們有別的祖先；市

14 均為俄國常見的人名。
15 指一九一七年俄國革命以前的時期，該革命推翻了俄羅斯帝國，進入共產蘇維埃時期。
16 指蘇聯共產黨推出的類童軍組織（1922-1991），為蘇聯兒童教授共產主義思想，以紅色領巾為標誌。

場！民主！這些才是真理！

什麼是真理、什麼是歪理，至今仍然沒有答案。可是孩子仍舊只能坐在書桌前，一動也不敢動；老師仍在黑板前嚴厲地教著……。

幾世紀以來，孩子飽受精神折磨。這有如無形的洪水猛獸，迅速地將每個新生兒趕入某種看不見的牢籠。而這頭猛獸有群忠誠的士兵。是誰呢？是誰在精神上恥笑孩子？恥笑每個來到世上的人？他們叫什麼名字？從事什麼職業？難道你們就能輕易接受他們就是學校老師或家長嗎？而且還是受過教育的父母！我可沒辦法馬上接受，你們能嗎？

現在如果有老師沒有準時拿到薪水，他們會罷教，然後說：「我們不教了！」你們覺得如果有人沒有拿到應得的薪水，這是好是壞？當然不好啊！人畢竟要生活！可是如果在這些罷教的老師當中，有的就是折磨孩子精神的人呢？告訴我，恥笑你孩子的人沒有拿到薪水，這是好是壞？

總之，老師罷教讓我有機會思考幾件有趣的事。現在很多大城紛紛成立私立學校，創辦人會挑選最傑出的老師，給予優渥的薪資——幾乎是一般學校的兩倍。即使家長有能力支付學費，也不是所有人都能將孩子送到這種學校，因為根本僧多粥少。為什麼？

答案很簡單：因為好老師難求，創辦人找不到。問題又來了，如果高薪也請不到老師，那麼這些罷教的老師又是誰？請相信我，我絕對不是從我們這個多面向的社會中，專門把老師這個行業挑出來講。當我在說他們的時候，我同時也是在說我自己。畢竟，身為家長的我，也讓女兒學了學校教的東西。在經濟重建之初，我曾問她：「現在歷史老師都講些什麼？」她回答：「老師有講跟沒講一樣。」我能說什麼呢？只好告訴她：「別想太多，讀妳自己的。」

現在有了罷教，不過只有老師這樣嗎？醫生、礦工和學者都在罷工，布條上寫著「政府下台！總統下台！」他們認為罷工有理，畢竟沒有薪水就代表政府沒有善盡職責。

他們的要求在今天看似合理，那到了明天呢？這又是個問題。或許明天政府和總統就會站在光明面，為地球抵禦入侵者和吸血鬼。他們也許是逼不得已，或不知道自己身處充滿惡意的暴風雪中，冒著失去權力的風險，拒絕向這些施虐者、折磨人類身心和地球的人付錢——這些人總是歇斯底里地將自己封為烈士。

以今天的觀點和假設來看，他們是烈士，但明天又會出現新的假設，誰是誰都還說不準。阿納絲塔夏曾說：

「所謂誤入歧途，其實都是人自己選擇的，而報應總是在此生發生，不會拖到來生。然而，隨著每天太陽的升起，人人都能思考自己所走的路是否正確，一切由你選擇！你有自由選擇該往哪裡去。你是人！要明白自己的本質！你是人，生來就應當置身天堂樂園的人。」我開口發問：「天堂樂園在哪？是誰讓我們陷入了泥沼？」而她回答：「一切都是人類自己創造的。」

試著瞭解她接下來說的話！她堅稱現在該是時候，要加快宇宙的某種進程，生活方式不符自然生存法則的人都將受到審判。一開始只會是清楚易懂的一般審判。對這些人而言，這會是很好的訊號，讓他們意識到自己的行為和所走的路。如果連這點都做不到的人，就得面臨更大的苦難，而且必須捨棄生命，才能獲得健康的重生——只是要等到九千年以後了。

結果如她所說，撕裂地球血脈的礦工、引進基因工程的現代醫師、發明致命武器的科學家，都已收到初步訊號：受到社會唾棄、物質不滿足。其中不乏目前物質富有的人，但他們得承受更大的良心不安，因為他們的潛意識知道自己的行為有害，對任何人沒有半點好處。

我試著反駁她的看法，解釋工廠需要煤礦，而她回答：「什麼工廠？你是說排放廢氣、燃燒本是供給人類呼吸的空氣、將金屬製成步槍和子彈的工廠嗎？」

換言之，她堅稱我們創造的人造維生系統非常不完善，目前的所有成就終將導致災難。各大城市的土壤遭到掏空，自然的地下涇流和地殼深處湧出的純淨泉水，被各種管線和水龍頭取代。其又因無法自我修復而逐漸腐敗，這些腐敗物再跟著水流到每戶人家的水龍頭。阿納絲塔夏還說：「人類遲早有一天會明白的。地位最崇高的科學家會到菜園找老太太，挨餓到要求她施捨自己一顆番茄吃。科學家和他虛幻的發明，老太太根本不需要。她不認識這些科學家，也不想認識。沒有科學家，她也能過得很安逸。可是科學家就不能沒有老太太了，他們活在一無所獲的幻想世界，沒有前途可言。老太太與大自然為伍，與全宇宙為友。宇宙需要她，但不需要科學家。」

我試圖反駁，表明如果我們不製造武器，只專心照顧大地的話，國家就會變得弱小，其他有武器的科技強國便有機可趁。

「利用自製的武器保護自己，本身就會帶來問題！更何況是武器所造成的社會災難。」

「好吧，就說他們會失去所有，帶著機關槍跑到老太太的菜園——妳所謂的夏屋小農，可是老太太沒有機關槍可以保護自己呀。」

「你覺得他們到得了嗎？難道他們不會先為了老太太而彼此廝殺嗎？」

結果呢，如果我不和阿納絲塔夏爭辯，而只是一味地相信她說的話，就等於承認我們愚昧無知，承認我們是蛀掉果實的害蟲。我可不想這樣！

我或許不是完全瞭解她的言論，但仍試著為我們的成就至少做一點辯解。如果我找不到合理的解釋，就必須承認我們的選擇站不住腳，那麼就該……該怎樣呢？我們一起想想。或許該讓孩子無拘無束地成長？然後問孩子我們接下來該往何處去、該怎麼走？

阿納絲塔夏曾說，精神未遭到我們摧殘的孩子，能找到機會拯救自己和我們。更精確地說，他們能重拾一開始就賦予我們的天堂樂園。

我們的世界一切看似簡單，卻又沒這麼簡單。告訴我，何不推廣謝琴寧學校的經驗呢？何不讓每個區域中心都至少有一所像這樣的學校呢？事實上沒這麼容易。我曾要求謝琴寧在新西伯利亞創辦一所類似的學校，他也認同我的看法。但是誰可以提供空間呢？這的確是個問題。我問他：

「如果其他城市有人可以打下基礎，這樣您就能在各大城市創辦至少一所類似的學校嗎？」

「弗拉狄米爾，這種事無法一蹴可幾。」

「為什麼？」

「我們找不到那麼多老師。」

又來了，什麼叫「沒有老師」？那罷教的那些人又是誰？

謝琴寧學校可不是什麼私立學校，而是俄羅斯教育部管轄的免費公立學校，但為什麼是設在山區、山谷中呢？為什麼？而且為什麼有人想射殺謝琴寧院士？為什麼他的兄弟遭到殺害？又為什麼哥薩克人要幫忙保護學校？是誰看這所學校不順眼？學校干擾到誰了嗎？

我受邀到國家杜馬的教育委員會，那邊的人都讀過《阿納絲塔夏》和《俄羅斯的鳴響雪松》，還有人瞭解阿納絲塔夏的言論，並且會和別人分享。很棒的人！我和他們談起謝琴寧，發現他們都對他相當熟悉，也很尊敬他。

「那問題究竟是出在哪裡？」我問，「為什麼國家教育絲毫不見改變？孩子還是一樣受苦，上講台有如走上斷頭台，還是只能坐在課桌前不能動？」

對方的回答令我十分難過。很不幸的，這對現在年紀還小的人來說真是個悲劇。矛盾的是，在聽到以下令人傷心的回答後，我發現老師正是那道無法跨越的障礙。

「請告訴我，這麼多的學術頭銜和學位，還有關於孩子教育的無數論文該怎麼辦？學術機構該何去何從？畢竟他們已經訂出制度了。機器開始運轉後，就很難在瞬間讓飛輪停下。

而且所有的論文作者一定會捍衛自己的觀念，特別是有教授頭銜的人。」

我還得知一位女性國會議員在參訪謝琴寧學校後抱怨：「我完全不懂這學校在做什麼，搞得好像一個不尋常的派系。」

我不清楚「派系」的具體意義，後來還找了字典來查，裡頭寫道：

派系（源於拉丁文 Secta，意指宗派、流派、學派）：

1. 從正統教義分出的宗教社群或團體。
2. 專於圈內窄小興趣的孤立人事團體。

不知道這位議員的用詞是什麼意思，但我想這兩個定義都不適用於謝琴寧學校。如果真的是分出來的，那麼是為了擺脫好的，還是不好的？如果真要說是分離，想必是擺脫對孩子的折磨吧。至於國會，還有秉持這些言論的議員，我不予置評。就讓各位讀者自己想，第二個定義是不是就在說國會的一些派別？派系，是吧？

謝琴寧遭人開槍，但他是堂堂一位男子漢……。現在哥薩克人或許會幫忙他，阿納絲塔夏也說要保護這些新的幼苗。我這下明白了：阿納絲塔夏還是別走出泰加林好了。如果她再激進一點，一定會用光線對各種論文、頭銜和任何腐敗之事窮追猛打。不能這樣，她說我們得用緩和一點的方式——改變眾人的意識。

總之，我寫了這篇自己對孩子教育、現代學校的看法，或許有點凌亂、不是很真誠，因為若真要描述我國的學校，就會寫出一堆髒話來。不過在我和阿納絲塔夏相處之後，我的寫作風格就變了，不是所有的字眼都合適。

我還想謝謝那些儘管在現有體制下，還是能讓孩子接觸至少一點點美好事物的老師，就像謝琴寧說的「讓孩子參與自然的宇宙進程」。我要向你們深深一鞠躬。

另外，我還從阿納絲塔夏的教育言論中得到一個最重要的訊息，那就是將孩子視為人。孩子和我們成人相比，體能上當然比較弱勢，但他們卻比我們好太多了，他們純潔又沒有教條的束縛。我們想對孩子說理之前，自己要先明白這個世界。我們自己！我們要自己思考！至少暫時忘記他人的教條。

至於我們這些企業家，應該要在每座城市尋找老師，為我們孩子、孫子的教育基礎盡一份心力。

20 通靈者

我在泰加林一天過著一天，始終無所事事。阿納絲塔夏總是忙東忙西的。兒子雖然年紀還很小，但在野生「保母」的幫助下都能打理好一切。奇怪的是，人類好像想出了很多活動，就只是要讓自己有事情做罷了。在這裡，就只有到森林散步和思考。所以我到了森林裡，邊走邊想事情。我又走到了湖畔，在我最喜歡的雪松樹下坐著，看著滿是讀者信函的袋子，心想：「可別忘了要讓阿納絲塔夏回答所有的問題。」等到她走近，我立刻開口問她：

「有看到這些讀者的信嗎？我都分門別類好了，有關於撫養小孩、各種建議、宗教、俄羅斯的使命、戰爭、詩歌和祝福，還有來自通靈者的信。看到了嗎？」

「看到了。」

我首先問她關於通靈的事情：

「有些人自稱——其實是在信裡寫道——能與外星文明交流、和過去一些特定的人溝通，還能聽到各種聲音。有些聽到的人表示，自己記錄到宇宙至高智慧傳達的許多訊息。我們有很多大量出版的書在講通靈，例如布拉瓦茨卡雅[17]這位女作家就寫過幾本很厚的書，還有知名的列里赫夫妻也寫過書並作畫，在許多國家都有讀者，並辦過畫展。而其他人聽到聲音的時候，則會驚慌失措。妳看，這裡就有一封小女孩從克林齊市寄來的信：她聽見有聲音說自己是智者，她必須聽命於它。這讓她感到害怕而想尋求協助。它們真的能和人溝通嗎？這是怎麼一回事？」

「你覺得外星文明是什麼呢，弗拉狄米爾？」

「嗯……就是其他星球或星星上的聚落，或是身邊某種隱形的東西。如果真的是和過去的人溝通，意味著他們住在某個看不見的世界裡。」

「弗拉狄米爾，每個人都有能力接觸全宇宙，包括看得見和看不見的。人人都能自如地和某事或某人溝通。

17 海倫娜·布拉瓦茨卡雅（E.P. Blavatskaya，1831-1891），西方神祕學者，曾創立以研究神智學、神祕主義和精神力量為主的「神智學學會」（Theosophical Society）。

「運作的方式類似於從你們的收音機，聽取很多電台傳播各式各樣的訊息。收音機的主人必須選擇想聽的頻道。

「人類是收音機，同時也是主人。能收到什麼電台、什麼來源的聲音，端看人類的意識、感覺和純潔的程度。人類收到的通常是自己能領會、瞭解並使用的訊息。過程中要保持心平氣和，不要去理會『崇不崇高』的煩人聲音。

「假如聲音自詡崇高偉大，就表示它想利用你的虛榮心：『如此崇高的我，在茫茫人海中選中你一人。你將成為我的信徒，你也將優於所有旁人。』一般而言，這些話都是來自沒有靈魂的低等生物，它們沒有肉體，所以才試著擠出人類的靈魂、佔據別人的身體。它們會利用人類的心智、虛榮心，以及人類對未知事物的恐懼。」

「但很多讀者在問，要怎麼擺脫這些聲音？」

「這很簡單，其實它們個性膽小，又沒有智慧，只需警告它們：『走開！如果不照做，我就用思想將你燒為灰燼。』它們清楚知道，人類的思想比它們強上數倍。

「另外，還可以咀嚼白屈菜的葉子。首先把葉子放在掌心，心裡對它說：『葉子呀，請幫我擺脫所有的不潔力量。』」

「如果很多人都想和同一個來源溝通，那該怎麼辦？妳看，很多人在信中寫到自己能和妳說話，這是真的嗎？如果真是這樣，妳又怎麼有時間回答所有人？畢竟他們有很多人，全都說能直接與妳溝通，也說妳會給予回覆。」

「人人都能產生想法，且每一個想法都會存在，不會消失。

「你和我所想的也存在於空間中，裡頭還有我的夢想、我的想法，希望聽到的人都聽得到。很多人可以同時聽到，問題只在於接收者所能允許的失真程度。」

「『失真』是什麼意思？這和什麼有關？」

「和接收者的純潔度有關。弗拉狄米爾，試想自己在聽一般收音機的演說，可是有雜訊干擾，讓你聽不清楚每個單詞。有些字你聽不懂，也不清楚背後的概念，這時你會怎麼做？」

「試著猜出聽不清楚的是哪些字。」

「是呀，可是填入的字可能會改變或扭曲聲音傳達的意思，意思還可能因此變得完全相反。只有你自己的純潔，才能讓你聽到真理而不失真。如果本身不足夠——你的心情和純潔，就不應該怪罪於聲音的來源。

「在你們的物質生活裡，你們的世界裡，四處都有聲音的來源。它們宣稱自己是真理，想要控制你的心智和意志，把你的生活打造成它們想要的樣子，可是你可以選擇聽或是不聽。既然你有選擇的權利，就不能怪罪別人。」

「真的如妳所說的好了，但如果真有問題是全宇宙都找不到答案的呢？舉例來說，有人向妳提出問題，可是空間中沒有可以回答的想法，妳自己也沒有想法，這時會怎樣？」

「問題在宇宙中如果沒有答案，會讓一切的進展瞬間加速。就像耀眼的閃光燈或鐘聲，能夠傳遍每個角落，讓宇宙萬物都動起來。相反的兩端將重新結合，答案將因此出現，到時就能聽見回答了。」

「也就是說，妳能立刻聽到問題，並看見提問的人囉？」

「就和所有人一樣，我可以立刻聽見。可惜的是，幾千年以來，人類都在問同樣的問題。這早就有答案了，卻沒幾個人聽得見。」

「我們該怎麼判斷來源是不是真理，或者說接收的時候有沒有失真？畢竟我們在聽外面的聲音時，耳朵裡本來就沒有雜音。而且妳說答案出現的方式，就像是自己產生想法一樣。有什麼能幫助我們判斷聲音是好是壞？畢竟所有聽到聲音的人，都覺得自己聽到的只會是至高智慧。」

「當你聽到的不只是字詞；當突然間有一股感覺閃過，內心升起某種情緒，你的眼中泛著喜悅的淚光；當你感到一陣溫暖，心中出現味道和聲音；當你感到創作的衝動和需求，渴望獲得淨化，這時就可以確定，自己清楚聽到的是光明的思想了。

「如果你收到的是冷冰冰的訊息、命令或指令，甚至是談論好的事情——或許聽起來很睿智，甚至是非常睿智——而且訊息來源宣稱自己相當崇高、強大，你就應該知道：好的背後會藏著不好的。少了完美的棲身之處，它們只想要你跟隨它們，幫它們達成自己的目標。」

21 所有人都得去森林嗎？

「阿納絲塔夏，還有一個問題。有些讀者想要像妳一樣住在森林裡，有些試著找妳的人不斷打聽方向，有些則是想在森林裡弄個聚落。他們將這種請求寄到莫斯科研究中心，想知道該如何實行。我讀過相關的資料，發現世界上已經有幾個這樣的聚落，這些人離開城市的家，到大自然中群居。印度和美國都有這樣的聚落，我們俄羅斯也有，例如克拉斯諾亞爾斯克邊疆區。讀者還問你，要實現這樣的理想，怎麼做才是最好的呢？」

「為什麼要到另一個地方生活呢？」

「嗯，為什麼這樣問？大家離開骯髒的城市，遠離糟糕的空氣、各種噪音和喧鬧，搬到乾淨、生態未遭到破壞的地方，就是為了讓自己更純淨呀。」

「那髒亂的城市要由誰來清理乾淨呢？別人嗎？」

「不知道，但是人希望住在乾淨的大自然中，這樣難道不好嗎？」

「這樣的希望是好的，但這不是重點。人類在自己身邊製造髒亂後，如果來到乾淨的地方，就會因為他的出現，讓這個地方也變得髒亂。你們必須先清理自己弄髒的地方，如此也會洗掉自身的過錯。」

「所以凡事都要先從淨化開始？妳覺得這該怎麼做呢？」

「意識是一切的開端。人類思想的渴望有如小溪，自然會找到最好的路徑。

「這已經發生在現今的俄羅斯。弗拉狄米爾，你仔細觀察，現在發生的不是偶然，冒著濃濃黑煙的工廠不是平白無故地停工；國家給予軍隊的資金越趨減少。但最重要的是，你們不再把那些汙染地球的人稱為英雄，甚至將他們稱為野蠻人也沒錯。

「不需要住進森林。森林整個空間會謹慎地面對前來的人，長期觀察他們的意圖、習慣和生活方式。你們先前和現在住的地方，都曾經是造物者種下的森林。這片曾是天堂樂園的美好綠洲如今變成什麼樣子了？

「前往森林定居的人不會比夏屋小農還重要，他們可是在杳無人煙的荒土上，親手栽種出一片片的菜園。菜園的每一株小草都認識他們、愛他們，盡力地把宇宙的溫暖回報給他們。親手創造天堂綠洲的人會有真誠的感受，他們在喧鬧和死亡的陰鬱中，體現了自己靈魂的良善。」

「可是城市會變成什麼樣子？誰會將城市維持在正常的狀態？畢竟城裡的一切終將崩塌、腐朽、瓦解。」

「不要突然轉變基礎，而是要和緩地行動——現在也正在進行了。過程很美好，未來甚至會更美好。」

「阿納絲塔夏，妳又來了。所有夏屋小農依舊是妳的偶像，只不過他們幾乎沒有談過靈性，不像其他宗教組織和團體。」

「他們的行為已經如此真誠、聖潔，哪裡還需要言語呢？」

「這裡還有一些信。有個人已經寄了整整五封給我，他宣稱自己聽到聲音，說他的占卜棒告訴他，妳在召喚他進入泰加林，他也千方百計地要找妳。他不只在信中威脅我，還跑到莫斯科研究中心找松采夫[18]。他說我們把妳藏起來了，要求我們幫他規劃行程到泰加林見妳。這種人還不只一個。妳要怎麼回答他呢？我想妳也知道，他們都愛上妳了，覺得自己應該跟妳一同做好事，和妳一起生活在森林裡。」

「我會回應所有真心誠意的人，謝謝你們的愛。但我從未邀請任何人進入森林，你們在這裡能做什麼呢？能貢獻什麼？如果你們的立意良善，就請待在原來的地方實現吧！讓你們的愛照亮身旁的那些人。」

18 莫斯科研究中心的工作人員，第二集第二十五章〈愛的空間〉曾提及此人。

22 阿納絲塔夏中心

「國內外一些城市已經有人以您的名字成立中心，這些人寄了很多信給我女兒波琳娜，我就唸其中一封信好了。她自己回覆了幾封信，其他封都轉寄給我，可是我沒辦法全部回覆，而且有幾封信壓根兒不知道該怎麼回應，還有人把這些中心視為某種派系。請妳聽聽其中一所中心的信，然後想想要如何回應吧。

我拿起一封波琳娜轉寄給我的信，接著一字不漏地唸給阿納絲塔夏聽：

波琳娜，您好：

我是瓦列里．阿納托利耶維奇．卡拉修夫，謹代表敝校的「阿納絲塔夏生態創作中心」冒昧來信。

敝中心於一九九七年十二月四日成立，雖然成立時間不長，但是運作已漸漸步上軌道。承蒙您父親的著作，敝中心才得以成立，我們所有人實在相當感激。

阿納絲塔夏有如黑暗國度中的明亮光線，那些未失去創造力的大人小孩，正受此鼓舞而聚集著創造力量，捍衛他們的榮譽與尊嚴，並一同朝光明的理想努力，相信祖國俄羅斯的幸福操之在己，取決於自己的思想。

我們瞭解她正在承受怎樣的黑暗力量，於是希望可以盡我們所能地幫助她。

日前，敝中心讓老師、學生和家長合作，利用並推廣您父親的著作和雜誌文章，透過演講和課堂的方式，向學生與家長介紹阿納絲塔夏與她的思想。另外，我們也試圖彙集對阿納絲塔夏能力做出解釋的學術文獻。

我們知道喚醒人類意識的工作實在不易，人類思維的慣性難以克服，所以我們以平和自信的態度行事，如今已有一些有趣的發現。

有些人將阿納絲塔夏視為美麗的童話故事，有些人在初讀小說後便加入我們的行列，少數幾人卻是散佈有關阿納絲塔夏的謠言，說她只是某種派系。這種看法總是引人發笑，但就如聖經所言：「父啊，赦免他們！因為他們不知道自己在做什麼。」（路加福音23:34）

最重要的是，我們很高興，阿納絲塔夏將我們聚在這個鄉下地方，這裡的農業趨近荒廢，國營農場因經營者忘記眾人（特別是年輕人）的需求而衰敗。這裡正是米哈伊爾．加里寧的出生地，「維爾赫涅特洛伊茨基」國營農場也曾在此有過相當繁盛的時期。

在加里寧鄉村學校裡的阿納絲塔夏中心，目前已發起「彩虹計畫」，旨於規劃並以創意取向實踐土地發展、提供年輕世代的勞動及道德教育，以及為純淨自然的農業生產打造基礎。

「彩虹計畫」的目標亦包括由年輕人組織一個名為「羅斯」的文化及天然產品協會，管轄拉妲斯拉夫文化中心和羅德天然產品複合製廠[19]。

多虧阿納絲塔夏的協助，此項計畫才得以創立。不信的人就隨他們去吧，即使計畫看似不切實際，我們仍會努力加以實踐。我們的另一個目標是讓年輕人感受自己創造力所帶來的收穫。

「彩虹計畫」的其中一個方向便是研討地方歷史，學習我們家鄉的遠古歷史，以及我們斯拉夫祖先的生活和文化。

維爾赫涅特洛伊茨基的附近曾有「梅德維茲城」，可是幾乎無人知曉，而徹底消失在地球上。梅德維季察河的兩岸還能找到斯拉夫人的墳塚，那裡曾是梅德維茲人和韃靼人交戰的地方，而這些墳塚和格連吉克的石墓是否有同樣的重要性？我們不想對此一無所知，所以希望取得相關的資訊。我們要盡力保存並重建，哪怕只有一點碎片也好。波琳娜，這是我們對阿納絲塔夏的請求。

我們將於春天建立培育雪松的苗圃，感謝我們的在地同胞——林務員格里高利．沙波什尼科夫，留給我們如此美好的禮物，讓我們得以實現計畫。

我們由塔季雅娜．亞科夫蓮芙娜．薩歐涅姬娜（來自西伯利亞）帶領的兒童劇團，將會根據《阿納絲塔夏》演出戲劇。孩子對此相當興奮。

我們由衷希望其他因阿納絲塔夏而成立的中心或協會能夠和我們聯繫。願她明亮的神聖光線能將遍佈俄羅斯的各個中心串連起來。

即使只是通信形式的交流都能增強我們的力量，協助我們更快找到答案。

19 拉妲（Lada）和羅德（Rod）均為斯拉夫文化信仰的神祇，前者執掌大地繁茂及家庭婚姻，後者為所有生物的創造者。

中心地址：

加里寧學校阿納絲塔夏生態創作中心

171622特維爾州加里寧區

維爾赫涅特洛伊茨基村

敝中心謹將以下詩歌獻給支持阿納絲塔夏的所有人：

聽從指示吧，兄弟！

為了幫助阿納絲塔夏

完成世界幸福的夢想，

為了將浩劫甩在背後，

為了將災難拋諸腦後，

我們清晨六點帶著善意甦醒，

帶著微笑，帶著純樸的心，
伸向高掛天際的繁星，
讓我們不再無聊煩心。
如同回到孩童的時光，
傾身朝向親愛的母親，彷彿對著新娘：
親愛的，抓著我！我在這！
淘氣的微笑讓我們醉心。
就在此時，
母親的臉龐有了回應。
妳好，大自然母親！
創世之際妳與上帝父親同在，
妳生下我們的英雄，
他們成了宇宙之最。
斯拉夫女人！我們的姐妹！

我們一直在等妳的到來。
妳的光線照亮了我們，
我們將依從妳的指示。
聽從指示吧，兄弟！
隨書中指示，在六點醒來！
想十五分鐘美好的事，
黑暗將不會再來。
全力保護我們姐妹，
不讓後代心力交瘁。
我們回應呼求不喊累，
怎能讓他們獨自面對？
這早已不是第一次，
突破一層層的包圍。
——俄羅斯艦隊軍官　瓦列里

波琳娜，祝您萬事如意。敝中心人員都很期待能收到有關阿納絲塔夏的任何訊息，也請代我們向您的父親致上無限祝福，

新年快樂！

「阿納絲塔夏，妳對這封信有什麼看法？」

「我看到人類的靈魂中有著美麗的志向，而這不是你我的功勞，而是他們靈魂本身的力量與美麗。他們的名字才更值得拿來命名，而不是我的。我是在造物者的搖籃中長大的，他們的靈魂可是熬過地獄的折磨而存活下來的呀！

「接連不斷的痛苦、失去、誘惑和空虛，日復一日地讓他們偏離正道。但他們的靈魂全都熬了過來，比那些待在石牆後面將自己與世界隔離的人還要強大。他們在世界中，獻出自己讓世界更美好，所以應該用他們的名字命名。如果所有中心都以我命名，就會形成崇拜，這是不應該的。個人或形象崇拜總是會讓人偏離重點、失去自我。」

「那應該要怎麼做？莫斯科有松采夫中心，格連吉克有拉里奧諾娃中心，國際靈性發展

學會也已經有阿納絲塔夏分會了。這樣要大家怎麼知道各中心的走向呢？」
「直覺是人人都有的。中心的本質不是由名稱決定，而是必須用靈魂去感受行動。」
「這是個有趣的轉折，又得好好思考了。阿納絲塔夏，妳真是與眾不同，和妳對話不只會讓我反思，也會使別人自省，何時有停歇的一刻呢？信中還具體提到了另一個問題：梅德維茲城河邊的墳塚是什麼？」
「不需要挖開墳塚，它們的任務已經完成。而且，那邊出生的人類已經率先問了主要問題。」
「什麼問題？」
「你自己想吧，弗拉狄米爾。但我現在要告訴你，你要協助這些人認識彼此。你可以在書中寫出他們的地址，讓所有的信像光明的光線一樣溫暖人心。聖彼得堡的詩人克洛金斯基，很久以前就曾給過暗示：

愛的光線心心相映，
神聖線條閃爍亮眼。

助人脫離塵埃灰燼，
靈魂到達天堂之巔。」

「我明白了，我會出版讀者寄來的信件和詩歌，希望是以獨立成冊的形式。我自己覺得裡頭蘊含著不凡的思想。除此之外，我可以透過莫斯科研究中心公開地址，讓大家可以互相幫忙。我的女兒波琳娜也可以幫我，畢竟很多信都是她處理的。

「讓世界各國的人透過心靈來交流，的確是個不錯的點子。他們會找到心靈相近的同伴，可以結為連理或至少成為朋友，開始共事或一起度假。就這樣吧！太棒了！我要把信件集結成冊。妳知道嗎，我們現在有種交友服務，有人會在報紙上刊登徵婚廣告，公開自己的身高、眼睛顏色和年齡，彷彿是在選擇配種的母牛。然而，我覺得大家最好能透過靈魂認識彼此、互相幫助。」

「當然，因靈魂而結合才會更美好、更穩固。」

「是呀……但還有一個問題……。」

「什麼問題？」

23 再造香格里拉

「不知道為什麼，對我和書的批評大多來自新西伯利亞……整體而言，只有那邊出現批評的聲音。

「我的著作已經在三個國家出版，其他許多國家也準備和我簽約，但新西伯利亞仍然對我指指點點。我能想像波琳娜所受的煎熬。他們質疑這個系列：『這人又出了什麼鬼點子？為什麼不回去做他的生意就好？』新西伯利亞的電視台曾經製作介紹企業家第一代的節目，還提到我的名字。她們在訪問波琳娜時問道：『妳爸爸現在不經商了？』波琳娜才剛要回答我對靈性的興趣，就被對方給打斷了。」

「只要再一點時間，大部分的新西伯利亞人就會瞭解你和書了。你以前最好的朋友會回來，新的朋友也會出現。

「你的老朋友和新朋友會在其中一個市中心，永恆之火[20]的附近種下一條『雪松大道』。」

「太棒了！這樣正好！一想到在永恆之火旁種下雪松大道……。嗯，真有妳的，阿納絲塔夏，我親愛的夢想家。」

她從草地上跳起來，雙膝跪地，臉上閃耀著光芒。她舉起雙手，嘴裡突然唸唸有詞：

「謝謝你用了『親愛的』、『我的』這些詞。這是在說我吧，弗拉狄米爾？我是你親愛的了嗎？」

「這只不過是我們說話的方式，不過妳的夢想真的很美。」

「會成真的，相信我。我怎麼夢想，就會怎麼實現。」

「但是天下沒有白吃的午餐，如果妳能在新西伯利亞製造一點奇蹟……但不是一般的奇蹟，那種別人覺得無關緊要的奇蹟有什麼用呢？如果妳可以讓新西伯利亞的每個市民稍微變得富有、健康，總之變得更幸福快樂，這樣他們才可能會種下雪松大道。但我想就算集結妳

---

20 「永恆之火」是俄國城市常見的景點，以永遠不滅的火焰象徵對人物或事件（通常與二戰有關）的永恆紀念。

的所有光明力量，還是沒有辦法做到，沒有人做得到。」

「你說得對，弗拉狄米爾。沒有人可以駕馭人類的意志。幸與不幸的命運操之在己，每個人的意識覺知會為自己選擇一條路。」

「但是誰在操弄我們的意識？是誰不讓我們擺脫不幸、通往幸福呢？」

「弗拉狄米爾，何苦在別人身上找原因呢？如果一味地指責他人，怎麼能做出改變？你已經有好點子了：為市民做好事。我很喜歡這個主意，我來想像一下……。

「有了！太棒了！想到了！太好了！新西伯利亞的所有人將名垂青史，幸福的世代將會誕生，住在那裡的每個人很快就會變得更快樂。

「我們一起思考，要如何和你掛念的那些市民對話，打入每個人的內心、靈魂……。」

「妳想對每個人說什麼？」

「讓大家一起再造香格里拉。」

「什麼香格里拉？說清楚點。」

「數個世紀以來，一直有人想在地球上尋找聖地，他們相信這就叫做『香格里拉』，那邊的任何人都能與宇宙的智慧產生連結。

「但是沒有人找得到香格里拉，在各國奔走後仍然沒有結果。他們這樣找是找不到的，因為香格里拉就在每個人的心中，它外在的顯化是由人類創造的。」

「說清楚點，要怎麼做才能與宇宙智慧產生連結，才能變得更幸福。不要說從內在做起，因為這樣很難明白。講點關於外在的事情，我們需要建立、創造或打破什麼嗎？」

「讓這座大城的每位市民從富含樹脂的雪松果拿出一顆小松子，然後放進嘴巴，含在唾液中。把種子種在家中小花盆的土壤裡，每天都要澆水。在澆水之前，先心存善念地把手指放入水中，重點在於給予自己、孩子、後代好的祝福，也祝福他們能意識到神。每天都要這樣做。

「種子發芽後，可以和它分享內心深處的話。在夏日和沒有冷到結霜的夜晚，應當把長出小樹苗的盆栽擺到室外，和其他植物放在一起，讓它與日月星辰溝通、認識雨水、微風和周圍小草的靈，之後再放回室內，回到它的朋友、它的父母身邊。如果有心且時間允許，這個流程可以來回數次。

「樹苗會長大，將成長幾個世紀，畢竟雪松可以存活五百年以上。它將繁衍後代並告訴年輕的雪松，當初栽培它的人有著什麼樣的靈魂。樹苗在家裡長到三十公分時，春天一到，就可以把它種到土裡。如果有人沒有土地種植樹苗，就請政府至少分配給他們一平方公尺的土地。

「這些樹苗將會種在城市周圍、河岸、街道兩旁、在房子與房子之間和人來人往的廣場中央。讓大家照顧自己的樹苗，也可以相互照料。

「世界各地的人會前來這個城市參觀，接觸這些神聖的樹木，並和這些幸福的人交流一兩句話。」

「為什麼世界各地的人會突然前來？只為了看一眼這種普通的都市綠化嗎？除非妳突然在新西伯利亞找到什麼聖地，像是格連吉克的石墓群。在妳提到格連吉克的石墓後，現在有很多來自國內各城和國外的人去參觀。我親眼看到，現在每天都有石墓的參觀行程。

「而且每年九月，各地的讀者會聚在一起開會，藝術家會舉辦畫展，也有電影在那裡拍攝。那現在呢？在城市裡種樹，有什麼好稀奇的嗎？況且這也不算樹木，只是雪松的樹苗。」

「這些不會是普通的樹苗，而是類似於鳴響雪松。它們在感受了人心的溫暖、接觸人類的靈魂後，會接收宇宙中最好的光線，然後開始回饋給人類。這個地方的人和土地將會綻放長久的光芒，新的意識亦將來臨。浩瀚宇宙的發現，將會從這些人散播到全世界！

「你知道什麼是聖地嗎？弗拉狄米爾，相信我，你總有一天會在自己的家鄉看到聖地的。」

「這聽起來的確很誘人，但妳要知道，應該沒有人會就這樣相信妳說的話。過去從來沒有這樣的事情，而且現代科學也無法證實。如果這種話是由更有分量，且具有權威的公眾人物來說的話……。」

「古蘭經有關於樹木重要性的至理名言，佛陀也是進入樹林很長一段時間後才得到智慧。弗拉狄米爾，你讀過聖經，對不對？」

「對，裡頭有說什麼嗎？」

「舊約聖經裡寫道：在耶穌基督誕生之前，世上最明智的統治者所羅門王，用雪松替神的光榮蓋了一座聖殿以及自己的私宅，雇用了數萬人砍下雪松，從遙遠的地方運來。聖經說所羅門王相當睿智，他所寫的《雅歌》還流傳至今。

「舊約聖經還提到，所羅門王在行將就木之時，信仰不同的各國妻妾開始讓他偏離信仰，他因此知道了許多信仰。你知道他最後覺得哪個最好嗎？」

「哪個？」

「不只是會砍樹、還會種樹的信仰。這位明智的國王在臨死前明白：他的房子和聖殿會隨著時間毀損，子嗣將無法維持他的權力和建樹，他的王國將會一蹶不振，而後來也果真如此。

「直到現在，他的靈魂還深受自己所犯的錯誤折磨。他終於明白：如果想要討神喜悅，卻同時殺死祂創造的生物，這樣是不可能的。他的靈魂和許多人類的靈魂千年來飽受折磨，眼睜睜地看著一個錯誤持續了數千年。不過，錯誤是可以改正的。到了那時，美麗的晨曦會再度從世界各地升起。你城市的消息將會透過各種世間和宇宙的管道傳遍千里。

「在至今發生的所有奇蹟之中，沒有人聽過有座城市的所有居民，會帶著如此非凡的關愛及溫柔，發自內心地種樹，把自己生冷的城市變成真正帶有生命的宇宙聖殿，成為一個愛的空間。這要有神的意識才能做到，就讓它出現在每個人的心中，幫助他們瞭解自己和宇宙的目的。」

「阿納絲塔夏，或許妳說的話有點道理，我會考慮寫在書中，讓讀者自己判斷。但我必須和妳說，有些事情妳沒有顧慮到。妳一直在講種樹……但是，基本上……妳永遠沒有辦法正式結婚，妳沒有正式文件可以到戶政事務所登記。妳只能在這裡高談闊論樹木的事情……。教會的神職人員會因此將妳視為異教徒，而且在我寫下妳說的話之後，他們更不會讓妳靠近教堂半步，當然也不會讓妳結婚。」

「弗拉狄米爾，務必寫下我說的話，讓讀者自己決定吧。請你別為了這些話而感到羞愧，放下你的高傲。或許不是所有人都能立刻明白這些話的意義，但你的城市有很多學者，他們會用科學語言說出我未能表達的事情——如果你覺得大家比較相信他們的話。還有那些記者……不要因為他們的批評而生氣，並不是所有的記者都發表評論了。最後，如果我得結婚的話，弗拉狄米爾，相信我，到時會有人為我戴上花冠的。」

「如果不是在新西伯利亞，而是在別的城市做到，會怎麼樣呢？」

「任何城市都能因此重獲新生。想要完成這樣的成就，大家得在心中根植不一樣的意識。一旦成真，城市的面貌就會改變，但其中總會有第一個先感受到恩惠。」

「阿納絲塔夏啊，妳真是幸福又純真，總是往最好的地方想。好吧，我會寫下妳說的話，讓讀者也可以知道。」

「謝謝！謝謝你……真不知道該怎麼謝謝你！」

「沒關係，這又不難寫。妳想要的話，還可以補充。」

「拜託各位讀者，請您別只是草草讀過我說的話，要真的去理解。」

「阿納絲塔夏，妳在這裡回答著讀者的問題，說人類是創造者，可是妳畢竟是個女人。妳知道有位教派領袖怎麼說女人的嗎？」

「怎麼說？」

「他說女人沒有能力創造，她們的使命是『做一個漂亮的女人』，啟發男人完成各種成就和創作，但只有男人可以創造。」

「弗拉狄米爾，那你認同這樣的說法嗎？」

「應該可以認同吧。妳知道有種客觀的科學稱為統計學。如果從統計的角度來看，就會得到這樣的結論……。」

「什麼結論？」

「安德烈．盧布略夫、蘇里科夫、瓦斯涅佐夫、林布蘭，還有其他知名的藝術家都是男性，其中完全沒有女性，至少我記得沒有。發明飛機、汽車、電動引擎、衛星和火箭的人也全是男性。我們現在最流行的藝術形式之一是電影，拍攝需要導演，他們是拍攝電影的靈魂人物，而所有最傑出的電影導演還是男性。其中也有女性，但是很少，而且她們不像男性導演一樣傑出，沒有什麼有趣的電影作品。除此之外，一流的音樂家常常是男性，還有古代和現代的哲學家也都是男性。」

「不過為什麼你要跟我說這個，弗拉狄米爾？」

「嗯，我只是想到一件事情，或許對妳有幫助。」

「什麼想法？可以和我分享嗎？」

「是這樣的，阿納絲塔夏，妳應該把注意力放在周圍環境的改善和孩子的撫養，別因為外面的世界和人而讓自己過於操煩，畢竟男人可以打理好一切。只要男人就行了，準確且客觀的統計學是這樣說的。而且，有史以來也是如此，重要的事都由男人經手，沒有人可以否認歷史。妳知道我說的這些是很難反駁的嗎？」

「我明白你說的，弗拉狄米爾。」

「不要覺得沮喪，早點知道總是好的。這樣妳才能忙點自己的事，而不是那些別人能做得更好的。妳想讓世界變得更好，但這只有男人辦得到，他們是比較傑出的發明家，比女人還會創造。這點妳同意嗎？」

「弗拉狄米爾，我同意男人從外表上看起來是創造者，如果從物質的觀點來看的話。」

「『外表上』是什麼意思？還能從什麼觀點來看這個毫無爭議的事實？妳別講大道理，直截了當地告訴我：妳能創造什麼嗎？舉例來說，妳會刺繡嗎？妳會用針在布上繡出漂亮的圖案嗎？」

「我不會用針繡圖案。」

「為什麼？」

「我沒辦法把針拿在手裡。針是來自於有生命的自然的深層，如果必須先破壞活生生的偉大造物，那創造還有什麼意義呢？弗拉狄米爾，你想想看：如果有個神智不清的人拿走你所謂的大師畫作，然後開始把畫撕成碎片、裁出兔子的形狀。如果考慮到他神智不清，他的行為可以稱為創造嗎？但如果是一個明智且能理解周遭事物的人做同樣的事，他的行為就會有不同定義。」

「什麼定義？」

「我們一起想想看，像是可以把這種行為稱為破壞。」

「妳實在扯遠了，難道妳認為所有創作者和藝術家都是在破壞？」

「以他們意識層次認知到的世界中，他們是藝術家和創作者。然而，如果他們有不同的意識層次，就會以不同的方法創造。」

「什麼不同的方法？」

「造物者在一瞬靈感之間創造一切的方法。祂把完善創作、創造新作的能力給了人類，只給人類。」

「造物者是怎麼創造出一切的？祂又給了人類什麼創造工具？」

「思想，這是偉大造物者的主要工具，祂把思想給了人類。思想唯有透過靈魂、直覺、感覺，以及最重要的純淨意識，才能造就真正的創造。

「看看你腳邊的花兒，它的形狀、顏色是多麼美麗，在有生命的創造中變換著中間色。請你用自己的思想讓它變得更完美，集中注意力，試著讓它有更好的外觀。」

「要變成什麼樣子？」

「你想像一下吧，弗拉狄米爾。」

「好，想像我還行。比方說，就讓這朵洋甘菊的花瓣變成紅色，另一朵維持原樣吧。我想改變後會變得更好、更活潑。」

阿納絲塔夏這時突然不動，專心地看著白色的洋甘菊。你知道嗎，洋甘菊的花瓣居然靜靜地在我眼前慢慢變色！真的變色了，紅色、白色，再變成紅色。一開始紅色還不太明顯，接著越來越紅，也越來越亮，最後彷彿發出了耀眼的紅光。

「看到了吧，我把你的想法全用我的思想創造出來了。」

「所以說，所有人都有這個能力？」

「對！所有人都辦得到。不過他們使用的是某種材料，先讓材料失去生命，而死去的東西只會漸漸分解。因此，長久以來，人類不斷想盡辦法讓自己的創作不要分解，把越來越多的心思放在腐朽的物品上，反而沒有時間思考什麼才是真正的創造。

「萬事都是先從一個想法開始，再隨著時間體現在物質中，或是改變社會的秩序。但創造是好是壞，沒有辦法當下就知道。

「你想要改變洋甘菊花瓣的顏色，我用思想辦到了。洋甘菊服從了人類的想法。現在仔細看看，你想出來的有比較好嗎？比之前更完美嗎？」

「我覺得比之前更活潑、更繽紛。」

「但為什麼你在說這個新創作時，我卻感受不到你的興奮？」

「不知道，或許是因為還少了什麼，可能是顏色吧。我現在也不知道。」

「現在顏色變得相互衝突，最柔和的中間色因為亮色的出現而變得暗淡，繽紛奪目的顏色無法激發平靜且柔和的感受。」

「那好吧，請妳試著把一切變回原樣吧。」

「我沒有辦法。洋甘菊會自己變回原樣，褪去紅色。畢竟我們沒有殺死洋甘菊，它還活著。大自然會自行重返和諧。」

「所以說，阿納絲塔夏，妳覺得男人都是不明就裡的破壞者，而女人是創造者囉？」

「所有的男女是一體的，兩者各自的原則互相結合，融為一體。他們在創造中也是密不可分，兩者都存在於世間當中。」

「這怎麼可能？我完全不懂。舉例來說，我在這裡，我只是個男人呀。」

「但你是由什麼做成的，弗拉狄米爾？女性的肉體和男性的肉體合而為一，在你的體內結合。兩者的精神也融合為一個精神。」

「那為什麼會有人談論並寫下論述：什麼是女人、什麼是男人、誰比較強壯、誰比較重要？」

「想想看，是誰想用教條取代造物者一開始就給每個人的認知和意識？他們又有何目的？」

「那如果是造物者給了某人多一些，讓他成為眾人的導師，分享自己的智慧呢？」

「世上的每個幼苗——樺樹、雪松和花朵的——都充滿造物者的訊息。

「所以你怎麼會覺得，造物者會虧待自己至高的創造呢？對天父而言，還有什麼比這樣的責怪更讓人委屈的？」

「妳在說什麼？我沒有責怪任何人，只是自己在思考而已。」

24 阿納絲塔夏，妳究竟是誰？

在我向阿納絲塔夏繼續提出問題之前，我仔細地端詳她的樣子：一位年輕又漂亮的女子坐在我面前，外表和我們現代文明的人沒什麼不同。然而，她的身體卻散發一種外在就能感受出來的輕快感。無論是任何姿態、手勢，尤其是她站起來和走路的時候，都有一種出奇的輕快感。

老人沉重的步伐完全不同於精力旺盛、活潑的年輕人，而如果拿年輕運動員的動作和步伐來和阿納絲塔夏相比，也會看到類似的差異。她輕如鴻毛，卻穩如泰山。她可以拿著我沉重的背包，輕鬆地走十五公里遠，同時還攙扶我走路。

我們在短暫休息時，她也不會累到躺下來或坐著，而是四處移動，一會兒跑去摘草，一會兒搓揉我的腳。每一件事情都做得如此輕快且愉悅，臉上更是掛著微笑。她的活力到底從何而來？

各位可以試著注意路上行人的臉，我曾經這樣做過。幾乎所有人都若有所思，面帶哀傷或憂鬱，尤其落單的行人特別明顯。即使他們穿著得體、沒有攜帶重物，明顯也沒有餓著的樣子，因為他們畢竟是抽名貴的香菸。可是他們卻還是繃著臉，陷在沉重的思緒裡。這樣的人還不少，佔了大多數。相較之下，阿納絲塔夏就一直很開心，像個無憂無慮的小孩，總是因著太陽、小草、雨水和雲朵而欣喜。縱使和她談到認真嚴肅的話題，她也從來不會難過。

就像是現在……不，她現在的表情和平常不一樣。坐著的她稍微低著頭，眼神低垂，似乎覺得困窘或有點難過。她好像知道我想問她什麼，但我還是問了：

「阿納絲塔夏，如果妳讀完所有的信，就會發現他們對妳有各式各樣的稱呼，有的甚至還叫妳外星人。從事心理研究的知名作家拉芙洛娃，在書裡將妳稱為外星文明的生物學家，而一般讀者則將妳視為女神。不過他們很奇怪，寫信時好像是把妳當成親近的朋友。妳似乎是第一個被稱為女神又不被膜拜的人，他們把妳當成了好朋友。

「多數學者、宗教領袖將妳稱為『本質』、『崇高的本質』或『自給自足的實體』。

「我現在正和妳說話，也寫了關於我們相遇的書，可是還是搞不懂妳究竟是誰。妳可以清楚明確地向我解釋妳究竟是誰嗎？」

「弗拉狄米爾，那你怎麼看我？」阿納絲塔夏沒有抬起頭，直接問我，「為什麼你這麼在意別人說的話？」

「重點是，連我自己都不知道我眼前的人是誰。如果要我老實告訴妳的話……。」

「弗拉狄米爾，你就老實、真心地說吧，我會試著全部理解的。」

「好吧，我這就告訴妳……。初次見面時，我覺得妳是個普通的女人。接著我們第一次走在森林裡，坐下來休息，當妳脫下洋裝和頭巾，我看到妳是如此美麗動人。妳知道嗎，我們把這稱為性感或魅力。當時和妳在一起……嗯，妳知道我那時想幹嘛，還記得嗎？」

「我記得。」

「不過現在，或許是因為這些匪夷所思的事情，就算看到妳裸體，我也不想了。」

「你開始害怕我了，弗拉狄米爾，是嗎？」

「不是害怕，真的不是，只是讓人搞不太懂。孩子出生後，妳卻彷彿離我越來越遠。即使妳就在我旁邊，像現在一樣，我們坐在一起，我還是覺得妳很遙遠，沒有親近的感覺。這就是我的感受。我的腦袋一直覺得妳是某種本質。」

「本質就本質吧，但要知道你也是本質。」

「不是，我不是本質，信裡沒有人這樣稱呼我。就算有些讀者會在信裡罵我，也沒有人會懷疑我是不是人。」

「拜託你，弗拉狄米爾，請你瞭解：我是女人，我也是人。」

「妳說妳也是人，可是妳根本不想這樣做。妳不想像所有人那樣生活，像全世界的人那樣。所有人都想有房、有車、有傢俱，可是妳都不想。

「書已經開始賺錢，而且會越賺越多。我們可以買間公寓、買傢俱，再買車帶著兒子一起去聖地。我們社會的教堂和修道院陸陸續續在重建，其他國家也有許多聖地和古蹟，但妳這裡一無所有，完全沒有聖地。是什麼讓妳停滯不前？妳又會失去什麼嗎？」

「弗拉狄米爾，這裡是我的空間，造物者創造的原始樣貌。我的祖奶奶、媽媽和歷代祖先，都帶著愛輕撫過每一株小草。每一棵雄偉的雪松都記得他們雙手和注視的溫暖。所有植物的種子在春天發芽。每顆在春天接觸土壤的種子都帶有宇宙的所有訊息，其中包括它們將會看見的恩惠之光。

「太陽會努力幫助種子發芽，接著幼芽會伸向人類，迎接連太陽都無法超越的——人類的恩惠之光。

「造物者就是這樣創造了一切，祂想好讓人類可以接續和祂一起創造。我的父母保留了造物者的創造，就在這裡，一個愛的空間！是父母送給我的。

「世上還有什麼能比造物者的創造、父母，以及充滿整個空間的活躍之愛還要神聖的？

「這是每個身為父母的人都該採取的行動，把愛的空間送給自己生下的孩子！這個空間如同母親的子宮一樣地美好。只有在愛的空間裡，他們的後代及未來才能幸福快樂。

「這樣的聖地和愛的空間，就是我送給兒子的禮物。」

「那是妳自己送的，但我的愛的空間在哪裡？我能給兒子什麼？」

「許多人生命傳承的連結受到干擾，但其中的連繫並沒有斷掉。有一條線能立即將所有人與造物者連結，也能連結每一個人。人人只要明白並感受，就能獲得光明與力量。弗拉狄米爾，請你開拓愛的空間，在你現在居住的世界裡創造愛的空間。為了我們的兒子、為了地球所有的孩子，請你讓整個地球變成愛的空間。」

「我不明白，妳想要我做什麼？要我改變整個地球？」

「對！那就是我要的！」

「要讓大家彼此相愛，再也沒有戰爭、犯罪，讓空氣變得乾淨？還有水也是？」

「讓整個地球都變成這樣！」

「只有這樣，我才會被視為有給孩子東西的真正父親？」

「只有這樣，你才會成為兒子會尊敬的父親。」

「如果不這樣，兒子就不會尊敬我了？」

「要尊敬你什麼？你想讓兒子因為你的哪個作為而尊敬你呢？」

「就和其他人一樣，世上所有孩子都會尊敬父親，是父親給了他們生命。」

「什麼樣的生命？當孩子來到世上時，他能夠在哪裡找到快樂？為什麼父親給他的世界有這麼多的不幸？新生的人必須生活在這些不幸之中，而生下他的人卻覺得自己和這些不幸毫無相關。我們就這樣生活，然後期待受到尊敬，最後則因為沒有如願而感到錯愕。」

「相信我，弗拉狄米爾，現在沒有多少父親真正受到孩子的尊敬。這就是為什麼他們在長大之後會拋棄父母、將他們忘卻，出於直覺地指責父母，而自己卻仍重蹈覆轍。弗拉狄米爾，如果你想要獲得兒子的尊敬，你必須為他打造幸福的世界。」

「啊……我終於明白了！」我跳起身，腦中充滿絕望和憤恨，所有思緒糾結在一起。

我現在知道了，大家現在應該也看清楚了。阿納絲塔夏是個狂熱的隱士，我從初次見面時就猜到了。她具有令人難以理解的特殊能力，或許她的這些能力，像是光線，和她不相稱，我的意思是指她的能力不及她的想法。各位應該還記得她曾說過「我要帶所有人穿越黑暗力量時光」。是啊，顯然她知道自己沒有能力辦到，所以才試圖把我和讀者拉進她的天方夜譚之中。我瞭解到她除了狂熱和不正常以外，還奸詐無比，想要不擇手段完成自己的夢想！

她生了孩子，現在也讓我把書寫完了，竟然還跟我說：「如果要得到你兒子的尊敬，請你改變這個世界，讓全世界變成愛的空間，送給兒子和所有的孩子……。」她千方百計地讓所有人投入她的夢想，然後在我面前不斷地給我難題：先是讓我寫書，現在是讓全世界變成愛的空間，接下來還會有什麼？我們社會有不少的狂熱份子，都想要改變這個世界，但他們現在呢？都如過眼雲煙般消失了。現在我面前又有一位這樣的人物，頭低低的她想的是一樣的事情——改變世界。

我知道和不正常的人或狂熱份子爭辯一定沒有結果，我應該冷靜地離開現場，可是我就是控制不住自己。我對眼前依舊坐著、眼神低垂的她坦承了一切：

「我知道了，我知道妳是誰了，妳又是本質，又是人類。妳性情狡猾，已經到了不可思議的地步。妳精心設計了這個騙局，要我寫書，然後再拿生兒子這件事讓我上當。

「妳試圖用非人類的邏輯來隱藏自己的狂熱，只是妳還是露出了破綻。知道嗎？破綻！我在寫書時和很多人交談過，因此懂了很多，也收到許多靈性書籍。我不曉得妳知道多少，但有一件事我可以確定：

「數千年前，世界上出現了偉大的智者、聖人，他們的各種靈性學說流傳到現在。我從電視節目中知道，現在全球有超過兩千種宗教信仰，無不談論好事，教導大家如何生活。每位領袖都跟我們說，真理只在他們身上。我們周遭充滿了聖地，但是他們千年來的長篇大論和教導，究竟給我們帶來了什麼？

「我只知道一件事情，那就是戰爭在數千年間始終沒有停過。學說之間的鬥爭，誰贏了就會被認為是對的，但都持續不久。過了一段時間後，又會有新的戰爭。新的學說戰勝後，不會再有人注意戰敗的一方。假使我真的要全盤托出……妳知道自己是誰嗎？妳知道自己正在呼籲我和所有讀者做什麼嗎？」

阿納絲塔夏站起身來，冷靜地看著我說：

「拜託你別說了，弗拉狄米爾。相信我，我知道你接下來會說什麼，讓我自己說吧。我可以說得更簡短，而且不帶一句辱罵。」

「妳要自己說？好啊，說說看，不帶辱罵地說。妳覺得我想說什麼？」

「弗拉狄米爾，你想說世上有一堆預言家和導師，學說多到你難以理解。但我現在就跟你解釋，你如果想瞭解的話，是可以全部明白的。

「水是衡量一切的準則。水每天越來越髒，空氣也變得難以呼吸。

「歷代的世俗領袖無論蓋了多少寺廟教堂，後人都只會記得他們留下來的汙穢。生活一天天變得危險，但我們繼續過著生活。弗拉狄米爾，你認為我和他們一樣，都試圖要教大家如何生活；認為我是要創立另一種宗教，然後把自己放在領袖的地位。

「但我可以向你保證，我不會允許自己有那種將所有起初開悟之人燒毀的妄尊自大。我有能力獲勝，而且我會的！我會阻止發出惡臭濃煙的工廠，礦工會明白自己不應撕裂地球的血脈。

「我拜託你們人類，儘早更換自己的職業吧。換掉所有對地球有害、傷害造物者偉大創造的職業。

「我拜託你們人類儘早明白，要是你們持續傷害地球，世上沒有人可以獲得幸福的。

「再過不久，全球人類會陷入不幸的痛苦之中，最終會引火自焚的。

「人類的意識會帶他們穿越黑暗力量的時光。弗拉狄米爾，你看看四周，你會發現我的夢想已經實現。宇宙接住了我的夢想，將它分享給所有人，帶領全人類越過深淵，只有懷疑的人會失足掉落。相信我，弗拉狄米爾，人類將會獲救的。

「大家會重新認識孩子，認識天堂樂園般的生活。

「俄羅斯發生的事件並非偶然。弗拉狄米爾，你仔細觀察這些事件，我正在終止預言中的地獄在地球上發生。」

「但妳是誰？妳認為自己是誰？」

「噢，你還是一點都不明白嗎？教條在你的心中植入了對自己靈魂的不信任。你還是覺得我是女巫，覺得我的夢想和志向都不會有成果嗎？但你正在讓懷疑折磨自己呀。你相信自己，同時又不相信自己。這都是我的錯，我不夠聰明，是我說得太複雜難懂。所有看到這裡的讀者，請原諒我無法找到大家都能理解的語言。弗拉狄米爾，請原諒我，是我害了你，讓大家不明白你所寫的東西，還讓你被嘲笑。

「但我要怎麼彌補我的過錯？我想到了！如果你想要的話，我可以為了你扮演十足的狂熱份子，或是就讓我完全地呈現自己，你要怎麼理解我都可以。但請你由衷地相信我，我是真心誠意地為全人類好。你只要明白這點就夠了。

「拜託你，請你不要深鎖眉頭，笑著看看四周多麼美好。別再折磨自己了，不要藏有任何的祕密。如果你覺得把我當成天真的女巫比較容易，那麼隨你怎麼想，就怎麼看我吧。」

「這樣好多了，明朗多了。也就是說，妳從頭到尾都在演戲囉？」

「你開始用你的靈魂來理解我演的戲了嗎？」

「演戲應該要很開心。」

「當然，你說得對。一切應該要很輕鬆、簡單，我也要很開心。」

陽光穿過層層雲朵，在湖面及湖岸上閃耀。雨滴悠哉地躺在樹葉和小草上，雨水在湖面上交織成一圈圈的漣漪。在此之前講話小聲卻激動、而且一直盯著我看的阿納絲塔夏，突然間看了看四周，拍掌大笑了起來。

她的笑聲十分引人注目，既響亮又具有感染力，迴盪在雪松枝幹、湖岸和湖面之間。她興奮地像小孩一樣，開始在綿綿細雨中轉圈並開懷大笑。但她大約每過三分鐘，就會停下她如火焰般的舞蹈。

我看著陽光在她的臉上嬉戲，讓水珠閃閃發光，不知那是雨水還是淚水。四周忽然一片寂靜，整個空間只剩下阿納絲塔夏洪亮、自信卻又絕望的聲音。聲音彷彿傳到了上頭，泰加林上方的空氣變得深藍，鳥兒也沉默了下來，似乎都在聆聽阿納絲塔夏飛上天際的一字一句：

「喂，你們這些預言家！數千年來不斷談論世間存在的徒勞和脆弱，用地獄和審判來嚇唬人類。收起你們的激情吧，就是你們讓人類難以理解天堂樂園的！

「喂，諾斯特拉達姆士！你不是預知，你是用自己的思想編造可怕的地球災難。你讓很多人相信你的話，讓他們的思想聚焦在可怕的事情上，促使它們成真。你的思想仍在地球上空揮之不去，透過你絕望的預言讓人類陷入恐慌。但它們現在是不會成真的，就讓我迎戰你的思想吧。當然，你早就料想到這一切，所以才逃得這麼快。

「喂，自稱人類心靈導師的你們！你們試圖說服大家，人類的精神軟弱、什麼都不懂，只有自認天選之子的你們才能獲得所有的真理，只有透過膜拜你們，才能聽見神的聲音，明白宇宙創造的真理。收起你們的激情吧！現在要讓大家知道：造物者一開始就給了每個人一切。我們只要不用陰暗的教條、因自身高傲產生的黑暗假想，去隱藏造物者偉大的創造。你們不要站在神與人的中間，天父希望和所有人對話，祂不需要任何中介。

「所有人的靈魂中自始就有真理。不要等到明天，從今天起、從現在開始，就讓每個人過得快樂！造物者讓每個瞬間和每個世紀都充滿著喜悅，祂從未想過讓自己心愛的孩子受苦。」

她演戲的樣子是多麼激勵人心，又是多麼地絕望啊！當然，她是在演戲，可是為什麼在她上方的泰加林天空裡有不尋常的光線在閃爍呢？彷彿天空能夠記下這位泰加林隱士從地球發射出的一字一句，她如此激勵又絕望地說著：

「喂，幾世紀以來的預言家們！你們為人類預知黑暗的同時，也創造了黑暗和地獄。噢，你們勤奮地餵食自己的集體意識，以天父之名讓人類感到恐懼。來吧，我就在這，全都往我這裡來。我將用我的光線在一瞬間燒毀數千年以來的黑暗教條。世上的一切憤怒，停止你們的所作所為，來我這邊試著與我拚搏吧！

「還有你們，所有信仰的戰士，就是你們製造所有戰爭的！別再巴望戰爭了，別用愚民的招數誘使別人為你們的商業利益而戰。我隻身迎戰你們，來打贏我吧！全都一起過來擊敗我！這將會是沒有鬥爭的鬥爭，所有信仰的追隨者都會前來協助。

「我的祖奶奶和祖爺爺們啊，請在他們的內心亮起原初的真理之光。把你們細心為我保留的一切都給他們，分享給能夠接受光線的所有人！

「讓邪惡與自己鬥爭、與我的肉體對戰，但不是與我的靈魂。我要把我全部的靈魂送給人類。我會透過我的靈魂堅守在人類的心中。所有的惡端，準備迎戰吧。放過地球，過來攻擊我吧！

「我是人！原——初——之——人！我是阿納絲塔夏，我比你強大！」

「不要說了！為什麼妳要自己呼叫所有的不潔力量過來？」以為這一直是某種遊戲的我大叫了起來。

「弗拉狄米爾，不要害怕它們，它們很膽小。而且你自己也說我很狡猾。狡猾嗎？就說我狡猾吧，我以智慧勝過它們了。它們在嘲笑你，以為我只是你想像出來的人物，但我一直在創造，也不斷地將我祖奶奶和祖先們從原始起源留傳給我的力量，分享給很多人！」她踩著步伐，發出洪亮的笑聲，再度像芭蕾舞伶般轉圈。我對她演的戲深深著迷，於是開始給她道德上的支持。

「去吧，阿納絲塔夏，燒毀它們！讓地球上的所有惡端都朝妳而去，妳再將它們燒毀！

只是妳要小心對付，別因此犧牲了。」

「弗拉狄米爾，它們若真想要除掉我，就非得放棄很多自己在世上的行動，解開對眾多人類靈魂的束縛。

「不過，就算我犧牲，我的夢想仍會實現。宇宙豎琴的弦會奏出幸福的樂章，讓所有人類的靈魂聽到，他們會聽懂的！

「出聲吧，宇宙！奏出幸福的樂章吧！為了他們，為了所有地球上的人。讓所有人認識靈魂的旋律！

「你看，弗拉狄米爾，人的靈魂正用自己的光線，照向因種種苦難而疲憊的地球。」

說這句話的同時，阿納絲塔夏跑向裝著讀者信件的塑膠袋，跪在地上把手放在袋子上，像小孩般興奮雀躍地說著：

「當老人和曾上戰場的軍人，讀到你的書而突然潸然淚下時；當年輕媽媽對新生兒有了不同的態度時；當十二歲的小女孩明白一切並開始熱愛生命時；你看，當年輕人說自己不再吸毒、回到媽媽的身邊時；當犯人從監獄寄信給你時，你可以看見並感受到他們的靈魂在歌唱，而且獲得了嶄新的力量……。

「從這些跡象中，我看見人類的靈魂理解了宇宙聲音的組合，他們的內心有了共鳴並接受了……。雖然不是每個人都理解了，但會越來越多的！天堂明白這點，因此正帶著愛等候著每一個人。

「你看！看看他們怎麼在詩中表達自己的理解。」

她由衷喜悅地述說著這些信件，這一幕實在讓我看得出神，我心想：「好吧，就讓她開心下去，讓她享受這場戲，相信自己的夢想會成真。我會把她的這齣戲寫出來。她自己想出了這一切，因為每個想像而喜悅。」我試圖冷靜下來，可是腦袋突然間又打結了，覺得全都是她虛構的幻想。然而，你們可以想像嗎？有件事簡直令人不可思議。想像一下，她講出信裡實際寫的內容……甚至是那些我沒帶來的信！她是怎麼知道的？她根本沒有讀過啊！

我驚訝地看著她，聽她唸出還裝在信封裡的詩歌。她一下莫名地開心起來，一下又露出擔憂的神情而不講話，彷彿在一瞬間讀完了所有的信。

她一字不差地唸出信件內容，完全準確如實！等一下！難道這就表示，她以前所說的也都是真的，不是在演戲或做夢？她當然是在做夢！但這些在她眼前的書和詩，早在之前她就夢到了。她的夢想實現了！成真了！

書就真真實實地在她的眼前。

太神奇了！

不，這不是真的！

各位讀者，你現在手中握著的書，不正是這名絕望的隱士成真的夢想嗎？！

那接下來呢？

是不是其他的一切也都可能會實現呢？

我從驚訝中回神後，問她：

「阿納絲塔夏，妳怎麼知道讀者在信裡寫些什麼？好像妳都讀過的樣子，甚至包括我沒有帶來的信。」

阿納絲塔夏轉過頭來，臉上綻放喜悅的神情說：

「一切都很簡單，只要看看自己如何能聽見靈魂說話。」

阿納絲塔夏忽然間沉默，靜靜地走向我後，認真地說：

「要回答所有問題並不難，但這並不能解決問題。回答了一個問題，另一個又會出現。現代人一直吃著亞當的蘋果，卻不知道這永遠無法讓他們滿足。況且，每個人都能夠自己聽見心中的答案。」

「要怎麼知道，哪時出現的才是正確的答案，哪時又是不正確的呢？」

「自大總是會讓人遠離真理。弗拉狄米爾，請聽我說。」

我們坐在草地上，旁邊是裝著信的袋子。我看著她發亮的雙眼、泛紅的臉頰，聽著她說：

「弗拉狄米爾，我要告訴你什麼是共同的創造，這下每個人就能夠回答自己的問題。請你仔細聽清楚，然後在書裡描述造物者的偉大共同創造。聽好了，試著用你的靈魂去體會……。」

阿納絲塔夏接著開始講起能激發靈感的共同創造……但故事太長了，這裡寫不下，我只先說一件事：在聽她講完後，我突然很想祈禱。

弗拉狄米爾．米格烈

未完待續……

弗拉狄米爾・米格烈致各位讀者

目前網路上有許多網頁內容，主要在宣揚與《鳴響雪松》系列主角阿納絲塔夏類似的思想。其中不少網站冒用我的姓名「弗拉狄米爾・米格烈」（Vladimir Megre），聲稱自己是官方網站，並以我的名義回覆讀者來信。

就此我認為有必要告知各位敬愛的讀者，我決定自己設立國際官方網站www.vmegre.com。這是唯一的官方窗口，負責接收來自世界各地、不同語言地區的讀者來信。只要您訂閱此網站內容，並註冊為會員，就能收到日後舉行讀者見面會的日期與地點，以及其他相關訊息。

我們網站將為各位敬愛的讀者統一發佈《鳴響雪松》在世界各地的最新消息。

弗拉狄米爾・米格烈敬上

愛的空間

作者	弗拉狄米爾・米格烈（Vladimir Megre）
譯者	王上豪
編輯	郭紋汎
封面設計	斐類設計
校對	郭紋汎、黃英慈、戴綺薇
排版	李秀菊
出版發行	拾光雪松出版有限公司
網址	www.CedarRay.com
書籍訂購請洽	office@cedarray.com
總經銷	紅螞蟻圖書有限公司
地址	台北市114內湖區舊宗路2段121巷19號
電話	02-27953656
初版一刷	2016年5月
初版四刷	2020年5月
定價	350元
原著書名	Пространство любви 弗拉狄米爾・米格烈1998年於俄羅斯初版
網址	www.vmegre.com
郵政信箱	630121俄羅斯新西伯利亞郵政信箱44
電話	+7 (913) 383 0575 (WhatsApp, Viber)
電子郵件	ringingcedars@megre.ru
生態導覽與產品	www.megrellc.com

國家圖書館出版品預行編目資料

愛的空間／弗拉狄米爾・米格烈（Vladimir Megre）著；
王上豪譯. -- 初版一刷 -- 高雄市：拾光雪松, 2016.5
面；12.8×19公分. --（鳴響雪松；3）
ISBN 978-986-90847-2-7（平裝）

880.57　　105006049